KB138914

LA LITTÉRATURE FRANÇAISE

AKIRA MIZUBAYASHI

UNE LANGUE VENUE D'AILLEURS

1984BOOKS

UNE LANGUE VENUE D'AILLEURS
by Akira Mizubayashi

This Korean edition was published
by arrangement with SIBYLLE Agency

다른 곳에서 온 언어

미즈바야시 아키라 지음 • 윤정임 옮김

일러두기

- 주석은 모두 옮긴이주다.

서문

뭐라고 말하면 좋을까? 난토 잇타라 이이카?

다니엘 페나크

“나의 프랑스어가 사멸할 때, 나는 스스로를 죽은 사람으로 여길 것이다. 왜냐하면 그때 나는 더 이상 내가 존재하고 싶었던 대로, 프랑스어와 결혼하겠다는 내 절대적인 결심에 따른 모습으로 더는 존재할 수 없을 테니까.” – 미즈바야시 아키라

여기, 우리의 언어에 거주하는 한 일본인이 있다. 더구나 그는 그 언어를 살아간다. 더더구나 그 언어로 **실존한다**. 미즈바야시 아키라가 결연하게 구체화한, 프랑스어와 그 사이에 일어났던 융합을 아주 조금이나마 상상해 보려면 이러한 그릇된 동사 표현*을 허용해야만

* 자동사인 실존하다exister를 고의적으로 타동사로 오용하고 있다.

한다.

70년대 일본에 한 젊은이가 있었다. 그는 모국의 관용어가 가한 '언어의 질병'에 짓눌려 숨이 막힌다. 자기 나라의 언어는 보수주의로 마비되고 소비자 운동의 지령에 의해 타락했으며 68의 교조적 강령들을 광적으로 모방함으로써 경직되었다고 판단했다. 그는 굉장히 외롭다고 느낀다. 그리고 입을 다물어 버린다. 그의 내면의 무언가가 어떤 실존을 열망하지만 그 수단이 결여되어 있다. 사유의 도구, 그의 내부에서 일어나는 막연한 생각에 접근하기 위한 방법, 거기에서 다시 태어나기 위한 자기만의 언어가 필요하다. 그게 프랑스어가 될 것이다. 그리고 다른 곳에서 온 그 언어는 마치 그가 창조한 것처럼, 내밀한 필연성의 결실이 된다. 자식에 대한 관심과 한없는 교육 열정이 놀랍기만 한 아버지의 (본인은 헤엄도 못 치면서 두 아들에게 수영을 가르쳐 줄 정도의) 사랑은 그의 언어 습득 과정 내내 함께한다. 그래서 아키라는 "프랑스어는 나에게 **부성**父性의 언어"라고 말한다.

그 젊은이는 문학과 음악이라는 이중의 지원을 받으며 프랑스어 안으로 들어선다. "문학은 말의 또 다른 차원에 속한 것으로 보였다. 문학은 침묵을 지향하고 있었다. 문학에는 다른 언어가 있었고, 그것은 사회적 담론의 반복적이고 화폐 교환적인 기능으로부터 떨어져 나와 있었다." 음악으로 말하자면 그것은 단연 모차르트였고 〈피가로의 결혼〉은 그에게 18세기로 들어서는 문들을 열어 주게 된다.

그리고 여기 계몽기의 프랑스어를 배우는 그가 있다.

그리고 루소를 능숙하게 이야기하는 그가 있다.

그리고 여기 탁월한 18세기 전문가가 있다.

그리고 프랑스에 머물던 그가 있다.

그리고 프랑스 여자와 결혼하는 그가 있다.

그리고 여기 우리 언어에 아주 친숙해져서 자기 나라 언어에는 더 이상 그렇지 않게 되어 버린 그가 있다. 그는 이제 거의 프랑스인이고 더는 완전한 일본인이 아니다. 다른 곳에서 태어난 사람의 귀로는 프랑스어를 결코 완벽하게 제 것으로 소유할 수 없으니 그는 거의 프랑스인일 뿐이다. 완전한 일본인이 아닌 이유는, 그의 내면에서 일어나는 생각이 이제 그의 사유 구조 자체에 부적합하게 되어서 그것을 자신의 모국어로 옮겨 내야 하기 때문이다. 그리하여 아키라는 이 '**거의**'와 '**더는 완전하지 않은**' 사이를 오가며 살게 된다. '이방인성'이라는 이 이중의 공간은 욕구 불만은커녕 정확성을 추구하는 영구적인 영역이 된다. 그는 이 이방인성을 타자, 모든 타자들과의 관계에서 열정적으로 주장하고 있다!

아키라를 아는 사람들은 그가 가장 빈번하게 제기하는 질문이 무엇인지 안다. 특유의 차분하고 집중적인 어조로 물어 오는 "뭐라고 말하면 좋을까?" 일본어로 "난토 잇타라 이이카?"이다. 이것을 어휘 선택에 대한 질문으로 오해하지 말아야 한다. 그것은 가장 정확하게 말하기 위해 가장 명확하게 생각하는 일에 평생을 바쳤던 한 사람의 지적인 까다로움을 지칭하는 말이다.『다른 곳에서 온 언어』가 매우 정확히 보여 주고 있는 것이 바로 그 까다로움이다.

이를테면 이토록 절절하게 설득력 있는 이 책을 쓰고 있으면서도 '뭐라고 말하면 좋을까? 난토 잇타라 이이카?' 라고 말이다.

다니엘과 민느에게.

내가 이 책의 언어 안에 태어나는 일에 부지불식간에

도움을 주었던 모든 이들에게.

지난 12년 동안 나의 삶을 아주 리드미컬하게 해 주었던

멜로디를 추억하며.

그리고 당연히 미셸에게.

I. 도쿄 TOKYO

1.

1983년, 나는 『일본에서의 자발적 죽음』(갈리마르, 1984)의 저자인 모리스 펭게를 알게 되었다. 내가 파리에서 3년 몇 개월을 살다 돌아온 직후였다. 나를 펭게에게 소개시켜 준 사람은 에콜노르말의 중국어 교수였던 폴 바디였고, 당시 펭게는 도쿄 대학에서 교편을 잡고 있었다. 파리에서 박사 학위를 받고 돌아온 나는 교사 자리를 알아보는 중이었다. 내가 기억하기로, 우리가 만난 곳은 도대(도쿄 대학의 약칭)의 홍살문 근처인 혼고 구역이었다. 비가 세차게 내리고 있었다. 후두 달린 감색 우비를 걸친 남자가 내 쪽으로 천천히 걸어오고 있었다. 홍살문의 붉은 배경 아래 감색이 도드라지며 묘한 판화 효과를 냈다. 그 사람은 우산을 쓰고 있지 않았다. 그가 모리스였다. 우리는 아주 따뜻한 커피를 마시면서 울름가*의 추억을 떠올렸다. 모리스는 프랑스 박사 학위 소지자인 서른 살의 젊은이가 고등 교육 기관의 일자리를 찾고 있다는 걸 이해했다. 그는 내가 일자리를 찾아내는 동안, 완성 단계에 있는 자기 책의 집필을 도와줄 수 있는지 물었다. 나는 그의 제안이 정말로

* 울름가(Rue d'Ulm)는 에콜노르말이 위치한 파리의 동네이다.

내 도움이 필요해서였는지 아니면 그 나름대로 나를 도와주려는, 즉 내가 조금이나마 돈을 벌 수 있게 하려고 일을 부탁한 것이었는지에 대해서는 모르겠다. 모리스는 일본어를 읽지 못했고, 어쨌든 텍스트들 안에서 자유롭게 생각을 굴릴 정도로 읽어 내지는 못했다. 그는 자기 대신 내가 일본어 텍스트들을 읽고 그것들을 요약해 주고 그 텍스트들을 중심으로 자기와 함께 토론해 줄 것을 부탁했다. 나는 모리스의 우아한 성품에 이끌려 그의 제안을 받아들였다. 우리는 도쿄의 프랑스 대사관 근처 카페에서 정기적으로 만났고 무척이나 다양하면서도 열정적인 주제들에 관해 몇 시간씩 대화를 나누었는데, 그것들은 모두 일본 사회와 일본식 상상력을 구성하는 특징들에 관한 것이었다. 십여 차례에 걸친 우리의 만남이 끝날 때마다 그는 일본의 프랑스 연구소(Institut franco-japonais)에서 자기가 받는 보수에 맞추어 내게 그만큼의 수고비를 지불하려 했다. 그리고 몸에 밴 미소와 나직하고 부드러운 목소리로, 내가 마치 다섯 살 때부터 프랑스어를 익혀 온 사람처럼 구사한다고, 자기가 일본에 정착해 살아온 지 한참 되었지만 나 같은 경우는 처음이라는 말을 덧붙였다. 오랫동안 참아 왔던 어떤 은밀한 생각을 마침내 발설하는 듯이 말하기를…

"아키라, 자네는 프랑스어를 정말 잘해! … 이 말을 하지 않을 수가 없구먼… 이따금 남불 억양이 감지되네만 그게 다야. 게다가 그게 아주 듣기 좋다니까. 어떻게 다른 사람들처럼 외국인 티가 나지 않을 수 있지?"

"예, 제가 몽펠리에에서 2년 넘게 살았어요. 남불 억양은 거기에서 묻어왔을 겁니다. 일본어는 제가 선택한 언어가 아니지만 프랑스어는 저의 선택이죠. 다행스럽게도 우리는 언어를 하나 혹은 여러 개 선택할 수 있잖아요. 프랑스어는 어느 날 제가 빠져들기로 작정한 언어예요. 저는 그 언어에 **집착했고** 그 언어는 저를 받아 주었고… 그건 사랑에 관한 거죠. 말하자면 저는 프랑스어를 사랑하고 그 언어는 저를 사랑하는…"

사실 '그렇게 완벽하게 프랑스어를 구사하다니 당혹스럽다'는 말을 나는 여러 번 들어 왔다. 수도 없이! 사람들은 나를 프랑스에서 태어난 베트남인이나 프랑스에서 자란 이민자 출신의 중국인으로 자주 착각했다. 그럴 때마다 설명을 하고 자세히 밝혀야 했다.

"아닙니다, 저는 순종 일본 토박이입니다."라고.

언젠가 아버지께서 최소한 4~5대까지 거슬러 올라가는 작은 족보를 보여 주신 적이 있다. 분명히 단 한 사람의 외국인도 없었다. **다른 곳**에서 온 사람은 하나도 없었다. 내가 프랑스어를 배우기 시작한 것은 열아홉 살 때 대학교에서였다. 프랑스어는 순전한 외국어였고, 처음 배울 때 완전히 낯선 언어였다. 나의 삶은 균등하지 않은 시간 길이를 가진 두 시기로 나뉜다. 처음 18년간 중학교와 고등학교에서 영어(영어는 일본에서 외국어, 즉 **나의 외부에 있는** 언어의 지위를 항상 지켜 왔다)를 배우긴 했지만 그때는 여전히 **단일 언어**의 시기였다. 뒤이은 열아홉 살부터 지금까지의 삶은 일본어와 프랑스어라는 이중 언어권에 속해 있다. 일본어는 내 안에서 솟아 나온, 나의 바탕에 씨를 뿌린 언어이다. 그것은 어떻게 보면 항상 거기에 있었던 것이고, 말하자면 **수직적으로** 구성된 것이다. 프랑스어는 내가 인내심과 초조함을 동시에 간직하며 밟아 갔던 언어이다. 나는 프랑스어를 향해 나를 이동시켰다. 나는 그 언어를 채취하러 갔고 그 언어는 나를 받아들여 주었다. 프랑스어는 멀리서, 18년이라는 상당한 지체 후에 나에게 왔다. 그것은 나에게 **수평적인** 언어인지라, 아직 탐사되지 않은 드넓은 구석들, 채워야 할 빈 곳들, 정복해야 할 공간들을 갖고 있다.

내가 혹시 태생적인 프랑스어 사용자가 아닐까 하

고 프랑스인들을 잠시 착각하게 할 수도 있지만, 그들은 내가 자기 나라 출신이 아니라는 사실을 이내 깨우칠 것이다.

2.

나의 어머니는 1951년 8월에 일본 북부의 작은 도시에서 한 남자아이를 세상에 내놓았다. 아이는 거의 새벽녘에 완전히 홀로 나왔다. 그게 나였다. 19년이 지나서야 나는 처음으로 프랑스어를 말하기 시작했다. 그때 이래로 부모의 언어였기에 나의 것이던 일본어와 내 것으로 삼아 그 안에 정착하기로 결정했기에 그 또한 나의 것인 프랑스어, 내가 사랑하고 선택하여 온전한 의식으로 점진적 향상을 체험해 갔던 프랑스어 사이의 항해를 나는 중단하지 않았다.

나는 1970년 4월 도쿄의 국립 외국어문화 대학에 등록했는데, 그곳은 언어학습에 특화된 학교로 프랑스의 이날코INALCO*에 해당하는 작은 규모의 교육 기관이었다. 강의는 두 달 후에야 시작될 예정이었다. 학교 건물

* 동양의 문화와 언어를 연구하는 프랑스 국립기관.

의 훼손 때문이었다. 1968년과 1969년 사이에, 분노한 대학생들의 보루였던 학교는(서구세계의 다른 한 끝에 있던 일본에도 68년 5월 혁명이 일어났었다. 하지만 우리의 68은 프랑스와 달리 사회나 관습 혹은 대학에 그 흔적을 남긴 것 같지 않다) 6월 1일 이전에는(원래 일본 대학의 학기는 4월에 시작된다) 수업을 할 수 없었다. 본격적인 수업에 앞서 완전히 자유로운 두 달의 시간이 주어졌다. 나는 얼른 프랑스어를 배우고 싶었다.

대학 강의 전에 내가 몰리에르의 언어를 처음 접한 것은 일본 국영 방송의 프랑스어 강의를 통해서였다. 초급 과정 강의는 월요일부터 목요일까지 20분씩 네 차례 있었고, 중급 과정은 매주 금요일과 토요일에 두 번씩 이루어졌다. 나는 물론 초급 과정부터 시작했고 강의에 재미를 느꼈다. 새로운 뭔가가 나를 사로잡았다. 나는 그때까지 고등학교에서 영어 수업만 들어 왔고, 그것도 시원치 않은 발성의 영어 몇 마디와 제대로 소리를 내지 못하는 조악한 발음의 일본어만 가득한 수업이었다. 그런데 프랑스어 강의에는 두 명의 프랑스인이 초대되어 매일 나왔다. 한 사람은『대머리 여가수』의 연출자인 니콜라 바타유였고 다른 한 사람은 수년 전부터 도쿄에 정착한 프랑스 여자 르네 라가슈였다. 그들의 존재는 무엇보다도 거의 절대적인 그들 목소리의 존재를 의미했고, 목소리에 실려 전달되는 문장들의 낭랑한 울림이 함께 한다는 것이었다. 저명한 일본인 교수 한 분이 문법 설명을 위해 강의에 동참했지만 그는 거의 단역처럼 있었고 별로 끼어들지 않았다. 어쨌거나 수업은 그가 주재했다. 매 수업의 내용은 초대된 두 프랑스인의 분명하면서도 감미로운 음성으로 모아졌다. 그것이 나에게는 마치 두 목소리의 리사이틀처럼, 녹화방송으로 중계되는 콘서트처럼 들렸다. 두 남녀의 목소리는 서로를 찾아 헤매며 화답했고, 조심스럽게 규정된 우아한 소리 운동 속에 휩쓸리며 서로 얽혔다.

그런데 나는 왜 그토록 프랑스어의 세계로 들어서고 싶어 했던가? 왜 아무것도 모르는 그 언어를 선택했던 걸까? 결국 왜 외국어를 길들이려는 길고 끝없는 인내의 역사 속에 들어서려는 결심을 했던 걸까?

1970년대의 일본 대학가에는 여전히 정치가 큰 존재감을 드러내고 있었다. 68사태의 후유증은 대학에 잔혹한 모습들로 남아 있었다. 낙서투성이 벽, 망가진 기자재, 훼손된 강의실. 나는 환멸의 풍경에, 범행의 폭력성을 입증하는 살해의 장소에 당도했다. 그러나 열여덟 살 젊은이를 불편하게 했던 것은 집중을 방해하던 그러한 사회적 상처들이나 환멸, 교육에 요구되는 집단적 열망의 부재가 아니었다. 그를 괴롭혔던 것은 오히려 말들의 공허함이었다. 절단된 시체들이 즐비한 전쟁터의 유령 같던 좌파들은 낡아 빠진 수사修辭들로 점철된 상투적 정치 담론을 지칠 줄 모르고 사용했다. 청년 공산주의자도 이러한 언어의 마모를 비껴가지 못했다. 정치화되지 않았거나 탈정치적인 대다수의 대학생들은 충족된 마비 상태에 스스로를 가둬 버렸고 이는 곧 다가올 소란스러운 소비자 운동을 예고했다. 요컨대 생기 잃은 단어들, 속 빈 문장들, 실체 없는 말들이 메두사처럼 번식하며 안착하지 못한 채 내 주변을 **부유하고 있었다**. 온 사방에 지치고 허약해져 활력을 잃어버린 언어가 있었다. 마이크와 메가폰을 통해 쏟아지는 말들, 대형 광고판에 쓰인 어휘들, 잉크 냄새 물씬한 전단지에 인쇄된 담론들, 이러한 것들이 일상의 언어를 구성했고 그 모든 것에서 나에게 남아 있던 것은 불쾌할 뿐만 아니라 견딜 수 없던 **부유**의 감각이었다. ('부세'浮世, 즉 영원히 표류 중인 불확실한 세계를 뜻하는 우키요가 부평초浮萍草를 지칭하는 일본어 우키쿠사의 이미지와 먼 울림 관계가 있었나? 그럴 수도 있다.)

그것은 뿌리내리지 못한 말들, 생명의 요동과 심호흡을 빼앗긴 말들이었다. **꼭 들어맞지 않는, 들떠 버린** 말들. 말과 사물 사이의 편차는 명백했다. 말들의 **참을 수 없는 가벼움**, 말들이 존재들과 사물들의 가장 깊은 곳에 이르지 못하고 있다는 느낌은 나를 불신의 상태에 놓이게 했고 나는 그 상태를 나 자신에게 감출 수 없었으며 무엇보다 나를 둘러싸고 있는 사람들에게 감출 수 없었다. 피난처는 가족이었다. 사회적 담론의 공해에 맞서 보호된 가족은 말의 관행을 초월하는 듯했다. 나는 외로웠다. 나는 아무도 만나지 않았다. 나의 입에서 나온 드문 말들은 언어가 수행하는 사회적 의례의 한계 너머로 전혀 나아가지 않았다. 요컨대 나는 곰처럼 처신하고 있었다. 열아홉 살에 나는 이미 은둔자처럼 살고 있었다. 누구에게도 나를 열어 주지 않았다. 나는 헤어날 수 없는 질식할 듯한 느낌으로 도쿄의 거리들을 배회했다. 어디를 가도 벽들에 갇힌 느낌이었고 감옥 같은 그 공간은 끝없이 넓어져 갔다. 나는 보편화된 언어 인플레의 느낌에 쫓기고 있었다. 뭔가 도피의 시도를 기획해야만 했다.

프랑스어는 그때 유일한 선택지로 나에게 나타났다. 그것은 마모될 때까지 잘못 이끌어진 주변의 언어에 대항한, 나를 볼모로 잡고 있던 말의 인플레에 대항한 유일한 타개책이었다.

3.

사실 그 절박감은 대학 입학시험 준비가 한창이던 고등학교 마지막 학년에 내 안에서 배태되고 있었다. 대학생들의 항의의 함성은 시민 사회와 시장에서 퍼져 나온 온갖 종류의 소음들과 함께 고등학교 울타리 안으로 저항 없이 스며들었다. 구멍 뚫린 학교의 벽들은 무방비 상태였다. 혁명가들을 모방하는 소아적 질병에 전염된 학생들은 내가 앞서 묘사한 징후들을 드러냈다. 과장되게 어른스럽고 고등학생의 현실적인 관심사와 동떨어진, 순진하고 하찮은 그들의 빈약함과 비교해 볼 때 특히나 어울리지 않는 거창하고 엄숙한 말들이 청소년들의 입에서 터져 나왔고 그것은 우스꽝스러운 공명 상자로 변형되어 마구 떠들어 대고 아무런 구속 없이 유통되었다. 그들은 스스로를 그런 식으로 만들어진 담론의 온전한 주체라고 믿어 버렸다… 끔찍한 착각! 그것은 실존의 사회적 차원을 체험을 통해 알아가는 대신에 과시적 행위의 무반성적 모방으로 빠져드는 일이었다. 그렇지만, 수다스러운 혼란과 마비된 군중으로부터 거리를 둔 몇몇 고독한 사람들은 여기저기에서 소리 없이 독서에 침잠했다. 그들은 수치스러워했다… 무엇을 수치스러워했나? 수치를 모르는 것에 대한 수치, 수치의 부재에 대한 수치였다. 나는 그런 사람들 중 하나였다.『이방인』『구토』『죄와 벌』『악의 꽃』『지옥에서의 한 철』『부활』『적과 흑』『보바리 부인』, 등등의 많은 책들이 수다스러운 주변의 교만에 대항하듯 손에서 손으로 거의 은밀하게 건네졌다. 문학은 나에게 또 다른 차원의 말에 소속된 것으로 나타났다. 그것은… **침묵**을 향하고 있었다. 문학에는, 통화체계로 변형되고 과도한 유통으로 마모된 사회 담론의 반복적 기능에서 벗어난 또 다른 언어가 있었다. 그러나 일본어로 번역된 프랑스 문학이나 러시아 문학을 자주 접했다고 해서 한 젊은이가 모국어가 아닌 다른 외국어를 진심으로 선택하게 되었다는 설명은 뭔가 석연치 않다. 극동에 위치한 일본에서 탁월한 외국어의 지위를 누리고 있던 영어가 취향도 열정도 애정도 없이 오직 해독의 대상으로 교육되고 있었기에 더더욱 그렇다. 아주 커다란 어떤 충격이 필요했다!

기적이다 싶은 결정적 사건은 확실히 한없이 고독한 상황에서 일어난다. 모의고사 기간에 나는 낯설고도 비범한 힘을 가진 어떤 글을 마주하게 되었다. 여기 그 글의 일부를 발췌한다.

중요한 것은 경험의 깊이로 침투하는 일이다. 그 외에는 어떤 해결책도 출구도 없다. 그것만이 가능한 길이다. 다른 아무것도 존재하지 않는다면 그 길로 접어드는 것 외에는 방법이 없다. 그게 아니라면 모두 다 쓸데없는 소리가 된다. [...]

진정하고 심오한 경험에서 우러나오는 말들은 독자적인 하중, 즉 모든 지칭을 견뎌 내는 무게를 갖추고 있다. 하나의 사물이나 사태를 가리키는 하나의 말에 대한 진실한 설명은 그 사물이나 사태 안에 있기 때문이다. 이런 진정한 표현의 실천은 쉽게 획득되지도 저절로 발생하지도 않는다. [...]

말이 진정한 것이 되려면 적어도 하나의 조건을 완수해야 한다. 그 말에 부응하는 경험이 먼저 존재해야 한다는 조건이다. 그런데 현실에서는 얼마나 많은 말들이 이 최소한의 조건을 마구 무시한 채 자유롭게 유통되는가! 경험이란 무엇인가? 단언컨대 그것은 무엇인가가 의식에 강요될 때 갑자기 솟구쳐 오르는 난관들에 저항하고자 하는 의식의 역사이다. 경험에서 유래하지 않은 말들은 경박하며 어떻게 보면 이해하기도 쉽다. 나의 의도는 도덕주의자의 관점에서 체험된 경험을 칭송하려는 일과는 거리가 멀다. 내가 여기서 경험이라 지칭하는 것은 개인적 자격에서 피상적으로 체험한 단순한 경험과는 하나도 닮은 게 없다.

이것은 일본의 철학자이자 에세이스트 모리 아리마사의 1967년 저서 『노트르담 멀리에서』에 나오는 글이다. 당시 모리는 이날코에서 일본어를 가르치고 있었다. 그는 15년 전에 데카르트와 파스칼에 관한 철학 연구를 완수하기 위해 1년 체류를 목표로 파리로 갔다. 그러나 그의 파리 생활은 애초에 정했던 기한을 넘기며 연장되었다. 그는 조국으로 돌아가지 않았고 결정적으로 유럽의 예술 도시를 선택했다. 그것은 도쿄 대학의 명예로운 교수직의 포기(이건 놀라운 일이다), 도쿄에서 일본인으로 살아왔던 그의 모든 삶의 포기, 그렇게 해서 출발점으로 되돌아가는 일, 모든 것을 처음부터 다시 시작하는 위험을 무릅쓰는 일이었다. 그것은 자신의 삶을 다시 일구어 가고 자기 것이 아니었던 언어 안에서 다시 태어나는 위험을 감수하는 일이었고, 언어 못지않게 사회와 불가분의 관계에 있는 문화 안에서 다시 태어나는 일이었다. 사회의 개인적 관계들은 의심할 여지 없이 그 언어 자체에 의해 광범위하게 규정되기 마련이다. 이러한 선택은 그러므로 어떤 상실, 아니 일련의 상실을 연루시켰다. 안락한 상황의 상실, 시간의 상실, 과거의 상실, 온갖 미래의 상실, 안정되고 보호받은 정체성의 상실, 명예의 상실, 관계의 상실, 아마도 가장 소중한 것이었던 가족의 상실.

모리는 **경험**의 개념을 체험된 사실들과 수행된 행위들의 단순한 축적으로 오해하지 말 것을 경고하고 있다. 경험에 대한 그의 입장은 우리가 쉽고 너그럽게 칭송하는 그런 주관적 축적과는 거리가 멀다. 앞서 인용한 모리의 글을 읽어 보면 그가 정의하려는 **경험**은 진정한 말에 대한 근본적인 경험, 가차 없는 금욕적 노력이 요구되는 **희생적** 차원을 전제로 하는 것임이 단박에 드러난다. 그것은 1969년 가을, 열아홉 살 청년의 마음에 비할 데 없는 힘으로 내적 지진을 일으키며 격동을 불러일으켰다.

경험이라는 이 드넓은 대륙의 등장은 나에게 진정한 일대 사건, 나아가 하나의 계시였다. 나는 엄청난 충격에 사로잡혀 대입 준비라는 중차대한 시기에 갑자기 수험 준비를 내팽개치고 매일같이 몇 주, 몇 달에 걸쳐 그 자발적 망명자의 글을 읽어 나가는 일에 빠져들었다. 이렇게 해서 나의 발걸음은 프랑스어의 세계를 향한 문으로 나를 이끌어 나갔다. 같은 해에 나는 모리의 또 다른 책으로부터 벼락같은 충격을 받았다. 일기 형식의 에세이 『바빌론의 강가에서』를 읽었던 것이다. 아래에 일부를 발췌한 그 책을 읽자마자 나는 어떤 부름, 어떤 목소리를 듣고 있다는 생각이 들었다.

외국에서 태어난 이방인의 경우, 설령 그가 프랑스에서 10년을 살았다 해도 보통은 유치원생의 언어 수준에도 미치지 못한다. 따라서 내가 기껏해야 초등 저학년이나 유아원 어린이 수준이라면 겸손하게 그리고 조금씩 앞으로 나아가야 한다. 프랑스어 안에서 프랑스어를 거쳐 만들어진 말들은 결국 사물에 상응하게 될 테고, 바로 그 상태가 내가 도달해야 하는 목표이다. 오직 그 순간에서야 비로소 사물은 새로운 조명 아래 드러나 새로운 생명 안에서 구체화될 것이다. 새로운 세계가 시작되는 것이다. 내가 아주 조금이라도 그런 느낌을 갖는 데 성공한다면, 승리하는 것이다. 그 나머지는 아이처럼 배워 나가야 한다. 그때에야 나는 번역과 통역의 광년光年이 될 세계 안에 있게 될 것이다. [...] 두 언어는 서로 교차하고 침투한다. 그 언어들의 관계는 한 언어를 다른 언어로 번역하는 관계, 한 언어에 대한 다른 언어의 관계가 아니다. 천만의 말씀이다.

언어를 배우려면 사물의 근본으로 내려가 전적으로 몰입할 것을 권고하는 프랑스어의 요구 앞에서, 놀랍게도 모리는 40년간의 학습을 거친 후인데도 자신을 이제 세상에 도착하여 세상 안에 들어서는 어린아이로, 이제 그 언어 안에서, 그 언어로 태어나게 될 (거의 유아 상태의) 아연실색할 어린아이의 모습으로 인정할 것을 받아들인다. 평생의 투자를 지불하여 정복해야 할 언어와 모리가 **사물**이라 부른 것 사이에서 이루어져야 할 동치 관계, 그것은 영접하고 되살리고 배양하고 보존해야 하는 **경험**의 크기와 도전을 나타낸다. 프랑스어를 배우는 일은 길고 짧은 방학으로 여기저기 구멍 뚫린 대학에서 몇 년간의 수업으로 될 게 아니다⋯ 그것은 반대로 실존 전체를 끌어들이는 놀랄 만큼 굉장하고 거대한 기획이다. 모리의 글은 예상 밖의 철학적 담론 수준에서 온갖 우유부단한 태도를 불신하는 어조로, 내가 그러한 모험에 스스로를 내던질 준비가 되어 있는지 묻고 있었다. 그것은 강철 같은 규율을 스스로에게 강제하는 일, 끔찍한 인내의 훈련에 전력하는 일, 제2의 탄생이라는 사치 혹은 위험에 몸을 바치는 일이며, 순수하지 않은 혼종의 그 두 번째 인생은 분명 더 길고 불확실하며 예측할 수 없는 동요들에 더 많이 노출될 것이다. 충족적이고 자기 지시적이며 확신으로 가득한 그리하여 의도적으로 삶 자체로 되돌아가고 그로 인해 때로는 삶에 그대로 심취해 버리는 첫 번째 인생보다 더 집요하게 의문을 제기할 것이다. 나의 대답은 일초의 망설임도 없이 그렇게 하겠노라는 것이었다.

4.

그리하여 1970년 4월, 마침내 나는 대학에 발을 들여놓았고 프랑스어는 내 인생에 들어와 나의 일상을 모조리 차지하기 시작했다. 내 나이 열여덟 살하고 칠 개월이 되던 때였다. 나는 프랑스어가 언제나 나와 함께할 것임을 알았다.

앞서 말했듯이 내가 프랑스어를 처음 접한 것은 국영방송의 라디오 프랑스어 수업이었고, 그 수업은 일본인 교수 한 명과 매력적인 발성이 두드러졌던 두 명의 초대 손님이 함께 진행했다. 나는 이삼 주 동안 연속으로 모든 수업을 들었다. 내 귀에 감미롭게 들려오던 모든 프랑스어 소리와 단어의 음성적인 물성은 그 순간적인 진동 속으로 단호히 사라져 버려 되돌아오지 않는다는 느낌이 들었다. 나는 좋아하는 음반을 가까이 두고 지내고 싶어 하듯이 그것들을 내 곁에 두고 싶었고 언제든 녹음기에 기록해 둘 준비가 되어 있었다. 당시에 나는 수업들을, 앞으로 진행될 모든 수업을 녹음기에 남겨야겠다는 단순한 생각을 했는데, 오늘날에는 사라져 버렸지만 그때는 녹음기가 문서 보관을 위한 수단이었다. 그런데 그 시절에 녹음기는 아주 비싼 기기였다. 대학생으로서는 쉽게 가질 수 없는 물건이었다. 나는 아버지에게 라디오의 프랑스어 수업을 모두 녹음하여 언제든 듣고 또 듣고 싶다고 고백했다. 며칠 후 적어도 10킬로는 될, 거대한 크기의 소니 녹음기가 집으로 배달되었고 그것은 아버지 월급의 4분지 1에 해당하는 값비싼 물건이었다. 나는 그 부담스러운 기계의 존재를 엄청난 금전적 가치와 아버지의 따뜻한 마음과 함께 아직도 기억하고 있다.

이튿날부터 나는 프랑스어 수업을 모두 녹음해야 한다는 광적인 집착에 사로잡혔다. 프랑스, 좀 더 정확히 말해 몽펠리에로 가기 위해 일본을 떠나기 전날까지 3년 동안 나는 방송을 녹음했다. 첫해에는 1단계의 수업들만 녹음했다. 뒤이은 두 해 동안은 두 차례로 방송된 2단계의 주간 수업뿐만 아니라 1단계의 수업도 다시 녹음하여 어휘, 문법, 발음 그리고 리듬에 관련된 내용을 싫증 내지 않고 재발견하며 다시 파고들었다. 그렇게 날이 가고 달이 가며 시간이 흘렀다. 녹음 분량이 늘어나며 누적되어 쌓여 나갔다. 나는 모든 걸 녹음했고 아무것도 지우지 않았다. 나는 그것들을 듣고 또 들었으며 처음부터 다시 듣고 지난주의 분량들로 되돌아갔고 그 전주의 것들을 다시 듣고 삼 주 전의 방송들로 되돌아가고… 이런 식으로 되풀이했다. 내가 지치지도 않고 열심히 듣고 다시 돌려 들은 테이프들은 당연히 점점 더 늘어났다. 하지만 아무것도 나를 낙담시키지 않았다. 그 무엇도 나를 싫증 나게 하지 않았다. 작은 바벨탑처럼 점점 쌓여 가는 직경 12센티미터의 그 녹음 테이프들은 소리들의 풍요로운 저장고로서 발성에 관련된 현실적인 쾌감을 약속해 주는 것이었다. 우선은 내가 들은 말들에 대한 기록이었고 그다음에는 그것과 똑같이 내 입으로 재생해 낸 말들을 듣게 해 주는 약속이었다. 마치 어린아이가 모르는 언어를 만들어 내는 일 못지않게 의미가 완전히 제거된 채 소리만 내지르는 일을 즐거워하듯이 말이다. 어린 시절의 나는 곁에 아무도 없을 때면 혼잣말을 하고 이상한 소리를 내지르고 내가 아주 좋아하는 단어들을 소리 내 말해 보곤 했는데 그것들이 대개는 다른 사람들은 이해할 수 없는 말들이었다. 그것은 영화 〈도둑맞은 키스〉에서 앙투안 드와넬이 욕실의 커다란 거울 앞에서 자기 이름과 자기가 좋아하는 여자들의 이름을 무한정 되풀이해 부르던 것과 같았다. 이제 어른이 된 그 아이는 대학에서 돌아오는 길에서 혹은 도쿄 밤거리의 소란스러운 침묵 속에서 새롭고 신비로운 프랑스 어휘를 소리 내어 따라 하며 이루 말할 수 없는 발성의 기쁨을 되찾고 있었다. 나는 반복의 광기에 사로잡혀 있었다.

나는 왜 라디오에서 채집한 소리들과 내가 들은 말들을 그렇게 물릴 때까지 반복했을까? 나에게는 모방에 대한 각별한 취미가 있었는데 분명 그 취미가 나를 반복 작업으로 이끌었을 것이다. 어렸을 때 나는 다른 사람들, 이를테면 텔레비전에 나오는 유명한 사람들의 몸짓과 태도를 모방하는 재주가 있었다. 또한 실재하는 인물, 살아있거나 역사적인 인물들을 몇 가지의 특징들로 빠르게 그려 낼 수도 있었다. 어느 날 나는 우리 집에 함께 사시던 할머니의 초상화를 연필로 단 몇 초 만에 그려 낸 일이 있었다. 할머니는 무슬림의 여인들처럼 검은 머플러를 자주 두르시던 작은 키의 강인한

분이셨다. 그림을 본 아버지는 할머니와의 유사성이 아니라 몇 개의 선들로 그렇게 전격적으로 그려 낸 방식에 대해 놀라워하셨다.

모방은 다른 사람이 되고자 하는 욕망, 흔히는 자신이 찬미하는 타인을 닮으려는 욕망이다. 그것은 어떤 존재의 몸짓을 흉내 내고 재현하여 그와 동일시되는 일이다. 고등학교 시절 아주 인상적인 윤리 선생님이 있었다. 그의 새된 목소리는 좋아하지 않았지만 호소력 있는 논설에는 감탄했다. 어느 날 나는 실존주의에 대한 발표를 해야 했다. 사르트르와 하이데거를 언급했던 기억이 난다. 나는 무슨 말인가를 하면서 분필로 칠판에 뭔가 적어 나갔다. 그런데 갑자기 등 뒤에서 크게 웃는 소리들이 터져 나왔다. 나는 즉시 왜 다들 그렇게 웃어 댔는지 깨달았다. 내가 본능적으로 선생님의 어조와 말투를 흉내 내고 있었기 때문이다. 반 아이들은 친숙한 학우의 모습에서 갑자기 유령처럼 등장한 선생님의 자태를 읽어 냈던 것이다.

아들의 모방 재능에 마음이 꽂힌 아버지는 배우 연습생을 모집 중이던 한 극단에 나를 등록시킬 결심을 했다. 하지만 온갖 종류의 모방 훈련(일본 무용과 발레 특히 마임)에 몰두하던 그 학교는 그곳의 아이들과 그

애들을 돌보던 어른들만큼이나 내게 낯설기만 했다. 그 드라마 입문 학교에서 보낸 짧은 기간 동안, 나는 의심할 여지없이 평범한 두세 편의 영화에 출연했다. 그게 조금은 에로틱한 영화일 거라는 생각도 했을 것이다. 왜냐하면 촬영 팀의 한 기사(작달막한 키의 그 남자는 내가 온전히 의미를 파악하지 못한 상스러운 말들을 쏟아 내곤 했다)가 "네가 어떤 종류의 영화에 등장하는지 알고 싶니?"라고 말했기 때문이다. 내가 **그렇다**거나 **아니다**라는 대답을 하기도 전에 그는 남녀 사이에서 일어나는 조금 노골적인(그런 느낌이 들었다) 대화를 갖은 몸짓을 섞어 가며 읽기 시작했다. 그날 나는 실제로 어떤 남자와 긴 머리에 반짝이는 흰 드레스를 입은 여자와 함께 있었다. 촬영을 하지 않을 때는 그 여자의 무릎 위에 한참을 앉아 있었는데 그 여자의 육감적인 친밀감이 나를 몹시 불안하고 겁먹게 했다. 여성 특유의 숨결과 향기롭고 포근한 입김이 내 뺨을 간질이는 게 느껴졌기 때문이었나…

마침내 내 차례가 되었다. 나는 자동차에 전복된 아이의 역할을 세상에서 가장 자연스러운 것처럼 연기해야 했다. 턱수염을 기른 어떤 남자가, 카메라가 장착된 자동차가 나를 스치고 지나갈 때 두 눈을 까뒤집으라고 나에게 요구했다. 그건 정말 그런 상황이었다. 자동차가 내 눈앞에서 겨우 20센티미터 떨어진 곳에서 지나갔던 것이다. 그 장면을 수차례 반복해야 했다. 나에게 돌진해 오던 자동차의 모습이 지금도 눈앞에 선할 정도이다… 나는 겁이 났고 동시에 그 두려움을 연기했다. 자동차에 짓이겨지는 두려움, 죽어 가는 두려움을 그 흰옷을 입은 여자, 아마도 끔찍한 일을 당하는 소년의 어머니 역을 했던 그 여자의 호의적인 시선 아래서 연기해야 했다.

나는 친숙하고 가족적인 세계로부터 멀리, 너무 멀리 나를 이끌어 가는 강렬한 감정들을 견뎌 내지 못했고, 그 반작용으로 스스로를 보호하기 위한 것처럼 익숙한 가족의 세계에 더더욱 매달렸다. 여덟 살 나이에 나는 **자기로 남아있는 일**과 **타자가 되는 일** 사이를 엄습해 오는, 매혹과 불안이 묘하게 뒤섞인 그 세계에 입문했다. 몇 달 후 나는 연기 학교를 떠났다.

5.

내가 부모님의 걱정을 끼쳤다는 사실, 특히 두 아들

의 학업에 지극한 관심을 보이셨던 아버지의 근심을 샀다는 걸 안다. 사회의 관습과는 달리(아버지는 회사에 헌신하는 직원으로서 어쩔 수 없이 일반적 사회인의 범주에 속해 있었다) 집에서는 늘 아이들 곁에 있던 아버지는 작은아들이 자신이 사 준 녹음기에 들어 있는 똑같은 내용의 프랑스어 방송을 밤낮으로 몇 시간씩 듣고 있다는 걸 눈치챘을 것이다. 일종의 청각적 마비 상태로 점점 빠져드는 듯한 아들을 보며 아버지는 무슨 생각을 했을까?

아버지의 기대에 부응하려는 욕망은 어떻게든 그 인물들의 몸속으로 들어가고 싶어 하던 그 **집착**과 어떤 관계가 있었나? 그 인물들로 말하자면, 초라한 자질의 촌극을 연기하도록(게다가 직업적 연기자가 아니었기에 그럭저럭 행해진) 소환된 프랑스인 남녀의 **목소리**를 통해 상상하고 느낄 수밖에 없었다. 아마 관계가 있었을 것이다. 하지만 아버지의 기대는 그런 식으로 표명되지 않았다. 그 기대는 조심스러웠고 말을 통해 드러나지 않았다. 그것은 교육에 전적으로 헌신한 태도 속에서 느껴질 뿐이었다. 아버지는 한 번도 나에게 이것을 하고 저것을 하라는 식으로 말하지 않았다. 형과 나를 힘겨운 학업에 들어서게 하려고 옛날식 부권을 행사한 적이 한 번도 없었다. 그럼에도 딱 한 번, 내가 열세 살 때(중학교에 막 들어갔을 때) 이렇게 말씀하신 적은 있었다. "아키라, 이제는 네가 뭔가 시작해야 할 거다…" 단호하면서도 부드러운 어조의 그 말에 나는 이제 뭔가 신중한 결정을 내려야 한다는 걸 즉시 깨달았다.

아버지는 대학생 시절에 온 가족을 부양하기 위해 일을 해야 했다. 그의 부친인 할아버지는 고정 직업이 없었고 할머니는 집안에서 살림만 했고 아버지의 여동생은 아직 고등학생이었다. 일을 하면서 학업을 계속하려면 야간작업을 해야 했다. 아버지는 기차 청소원을 선택했다. 열차들은 새벽 두 시에 나가노의 세척 센터로 돌아오곤 했다. 그의 임무는 모든 객차들을 완벽하게 청소해 놓는 일이었다. 온갖 먼지 뭉치들, 버려진 기차표들, 비어 있거나 찬 음식이 반쯤 남은 깡통들, 각종 휴지들, 전날 밤의 가래침과 토사물들, 도쿄의 밤을 흠뻑 적신 장엄하고 비루한 음료수의 흔적들을 치우는 일.

요즘 나는 바로 그 나가노에 살고 있다. 기차역에 내릴 때마다 거대한 창고 같은 곳을 지나오는데 그곳에는 불안정한 상황(아마도 이민자 출신?)의 몇몇 젊은

이들이 여전한 광란의 밤이 쏟아 낸 오물 덩어리들을 매일 밤 열심히 치우고 있다. 그리고 나는 나의 아버지를 생각하게 된다. 반세기 전에 아버지 역시 야간 노동으로 녹초가 된 무거운 몸을 이끌고 매일 새벽 학교로 향하곤 했다. 강의를 들으러 가기 전에 공원이나 어디 다른 곳에서 잠시 쉬거나 쪽잠을 자곤 했을까? 혹은 아침 수업은 단숨에 포기해 버렸을까? 알 수 없다. 어쨌든 그가 대형 강의실에 슬그머니 끼어들어 갈 용기가 있었더라도 밀려드는 잠에 대항할 방법은 없었을 것이고 모르페우스*의 유혹에 넘어가 졸음에 빠진 모습을 보였을 것이다. 그러한 자기 상실의 순간을 그는 견디지 못했다. 그는 졸음에 대한 그 기억, 주의력과 의식 상실에 대한 기억, 저항할 수 없이 밀려드는 강력한 무감각 상태, 순간적이지만 용납할 수 없는 의식 불명 상태에 대한 기억을, 고백하지 못하거나 심지어 고백할 수조차 없었던 실패와 좌절에 대한 뼈아픈 추억처럼 간직했다. 그는 깨어 있을 수 없었던 그 불가능한 상태를 육체라는 본성이 가진 가혹한 구속 앞에서의 자기 **의지의** 패주와 항복으로 체험했다. 쓰레기 청소부라는 직업에 연관된 잦은 마비의 순간들은 학업의 흐름을

* 그리스 신화에 등장하는 꿈의 신.

심각하게 방해했다. 기술사 학위를 얻기 위해서 4년이 아니라 6년이 넘는 시간이 걸렸다. 상실, 결핍, 박탈, 불완전한 충족에 대한 고통스러운 감정이 평생 그를 괴롭혔다. 지식에 대한 갈증, 배움을 향한 떨리는 욕망, 앎의 왕국에 다가서고 싶은 미친 욕구로 달아오르던 한창 젊은 나이에 말이다.

야간열차들의 쓰레기, 그것은 나의 아버지가 무슨 대가를 치르더라도 자신의 두 아들에게는 피하게 해야 할 전염병이었다. 부성父性을 완전하게 받아들이게 된 순간부터 그는 하나의 목표를 정했다. 그것은 자식들의 지적, 도덕적 발달에 유리한 모든 자원과 가능성들을 최대한 동원하여 할 수 있는 최상의 조건을 보장해 주기 위해 최선을 다하겠다는 목표였다.

내가 몽펠리에로 출발하는 날까지 프랑스어 연마를 위해 4년간 나와 함께 했던 소니 녹음기는 그가 아버지가 되었을 때 했던 그 은밀한 결심을 입증하는 물건이었다.

6.

1950년대에 나의 아버지는 일본 북부의 작은 지방 도시인 사카타의 고등학교 물리 선생님이었다. 그곳에서 그는 아내를 만나고 네 살 터울의 형과 나를 낳았다. 아버지는 진지하고 열정적인 아주 좋은 선생님이었다고 한다. 나중에 도쿄의 큰 제련 회사의 기술자가 되었을 때, 아버지는 교사 시절을 회상하며 "한 시간 수업을 위해 네 시간을 준비했다"라고 했다. 집안 식구들은 도쿄에서 한참 떨어져 있는 그 시골구석의 작은 고등학교에서 도쿄 대학(모리가 교수로 있었던 대학)에 몇 명의 학생들이나마 보냈던 것은 오직 아버지가 교사로 있던 그 몇 년 동안에만 가능했던 일이라는 사실을 즐겨 회상한다. 교육에 대한 부성애의 일부가 제자들에게 마련되어 있었던 걸까? 아마도.

형이 네 살이었을 때 아버지는 형을 음악에, 서양 음악에 입문시킬 생각을 했다. 아버지가 확고한 음악광은 아니었다고 생각한다. 물론 음악을 높이 평가하긴 했지만 훗날 내 안에 자리하게 된 불요불급의 열정 같은 것은 아니었다. 아버지는 음악 없이도 아주 잘 지낼 수 있었다. 그보다는 음악이 표상했던 것, 즉 개인의 최상의 가치에 근거한 근대성과 민주주의를 대표하는 것으로서 음악을 매우 소중하게 여겼다. 아버지는 일본 제국의 군사적 파시즘이 만주에서 자행했던 어두운 시절을 겪었고 동남아시아 전역으로 세력 확장을 획책하며 이른바 천황 개인의 신적 권력을 위해 보통 사람들의 삶을 아무런 거리낌 없이 희생시키려던 대일본제국에 대항하여 **할 수 있는 최소한의 일**을 하기 위해 고독한 저항을 했다. 쉽게 짐작할 수 있겠지만 아버지의 극히 개인적인 그 같은 저항은 고문을 비롯한 폭력을 필두로 적지 않은 고초를 겪게 했다.

서양 음악 예컨대 베토벤의 음악(교향곡들)은 아버지의 눈에는 이성적 구축에 대한 의지의 표현으로서 지배적 공론의 특징이던 광적인 호전 정신과 대립되는 정반대의 모습으로 비쳤고 또한 마음을 진정시키는 온화함의 표현(아버지가 결혼 선물로 받았던 〈바이올린과 오케스트라를 위한 로망스〉 두 곡)으로 보였다. 그때는 사람들을 아둔하게 만들던 어리석은 군국주의의 시대였다. 민족적 울타리 바깥의 문화적 요소가 개입된 흔적이 보이는 아주 하찮은 것도 헌병의 추적을 당했다. 적군의 문화를 내세운 것으로 여겨진 서양 음악은 금지되었다. 그것에 관심을 가지려면 대단한 용기가 필요했다.

어느 날 어머니는 놀라우면서도 우스꽝스러운 장

면을 목도하게 되었다. 하숙집이던 어머니의 집 어디선가 유럽의 곡조가 희미하게 흘러나오는 소리를 들었던 것이다. 어머니의 발걸음 소리와 어머니가 입었던 기모노 옷자락의 바스락 소리에 음악 소리가 들리지 않자, 어머니는 걸음을 멈추고 침묵 속에 귀를 기울였다. 짓눌린 듯 조용한 서양 음악 소리가 가녀리게 들려왔다. 소리의 근원지는 당시 하숙생이던 나의 아버지가 머물던 옆방이었다. 어머니는 방문을 두드렸다. 대답이 없었다… 어머니는 살며시 방문을 열었다. 방에는 아무도 없었다. 바로 그때 다락방(오시이레)의 미닫이문이 살그머니 열리고 자동차 트렁크보다 조금 큰 조그맣고 어두운 방에 그녀의 미래의 남편이 될 나의 아버지가 몸을 웅크리고 앉아 있었고 〈전원 교향곡〉의 느린 악장이 아주 선명하게 큰 소리로 울려 퍼졌다.

그렇게 숨어서 음악을 듣고 있던 아버지의 모습에는 고독한 저항의 **의지**, 그럼에도 음악에 대한 사랑이 새겨진 의지가 보인다.

어쨌거나 아버지는 형이 음악을 하기를 바랐다. 아버지가 좋아했던 서구의 모든 것, 그가 높이 평가했던 **학문**(도제 승려 자격으로 몇 달간 불교 사원에 갇혀 지냈던 아버지는 종교적 반계몽주의의 희생자였고, 자신이 늘 칭송했던 과학적 방식의 엄정함과 위력 안에서 마음이 밝아졌다)의 목록에는 고전 음악 또한 자리하고 있었다. 네 살이면 뉴턴의 물리학에 접근할 수는 없어도 음악에 입문하여 첫발을 찍을 수는 있었다. 아버지가 즉시 형을 끌어들이고 싶었던 곳이 바로 그 다른 세계, 전쟁 직전 재난과도 같았던 정치적 · 종교적 광기의 세월로부터 그를 해방시켰던 타자의 세계였다.

형은 우선 피아노 레슨을 받기 시작했다. 피아노라는 사치스러운 물건을 마련해야 했는데, 그것은 주로 목재와 종이로 지어진 일본의 조그만 가옥에 들여놓기에는 거대하고 무겁고 희귀한 물건이었다. 할머니는 우리의(내가 **우리**라고 한 이유는 몇 년이 지난 후 그 피아노는 또한 나의 동반자도 되었기 때문이다) 그 카와이 업라이트 피아노가 도착하던 날의 이야기를 들려주셨다. 아버지는 그걸 사기 위해 1년 치 봉급을 지불했다고 한다. 외가 쪽 식구들은 이 구매에 모두 반대했다. 외할머니는 "아니, 피아노라고? 네가 지금 어떤 상황인 줄 알고 있는 거냐!?"라며 이미 남편의 교육적 신념에 승복해 버린 딸을 다그쳤다.

마침내 피아노가 도착했다. 너덧 명의 건장한 사내들이 거실로 쓰이던 아주 작은 방 안에 피아노를 들여

놓았다. 그들은 매우 조심스럽게 트럭에서 피아노를 내려놓았고 부딪치지 않으려고 애쓰면서 한 걸음씩 움직여 피아노를 옮겼다. 현관에 이르는 다섯 개의 계단을 오르느라 진땀들을 뺐다. 그러는 동안 동네 사람들, 가까운 곳의 이웃은 물론이고 제법 먼 곳에 살던 이웃들 그리고 지나가던 사람들, 골목의 상인들, 찻집 상인, 생선가게 주인과 그의 아내, 두부 장수, 사진관 남자, 목수 등이 몰려들어 작은 군중을 이루었다.

"저게 뭐예요? 무슨 일이에요?"

"아이를 위해 피아노를 샀나 봐요. 세상에나! 피아노라니!"

"저런 물건은 처음 보네! 엄청 크네! 굉장히 무거워 보이는걸! 다섯 사람이 들잖아!"

"상당히 비싸 보이네!"

"말하면 뭐 해! 1년 치 월급은 들었을걸! 1년 치라고!"

"미쳤군! 저 사람들 어쩌려고 저러는지 몰라… 부인이 일을 하나?"

"남편이 저기 고등학교 선생이라는군!"

그건 부러움이었나 질투였나? 그랬을 것이다. 부러움이었고, 감탄 또한 섞인 질투였다. 형을 위해 샀던 피아노는, 물론 비교할 수 없이 소박한 수준이긴 하지만 나에게 사 주었던 소니 녹음기나 마찬가지였다. 그것은 자식을 위해, 아이의 교양을 위해, 아들의 내적 소질의 개화를 위해 불가능한 일을 마다하지 않고 끝까지 가 볼 준비가 되어 있던 아버지의 의지가 구현된 일이었다.

7.

형은 곧 피아노에서 바이올린으로 옮겨 갔고 현악기와 활을 다루는 데 있어 기대 이상의 진전을 이루어 냈다. 바이올린 선생은 자신의 한계를 느꼈다. 사카타 현의 유일한 바이올린 교사의 역량은 2년 만에 소진되었다. 매주 하던 수업이 끝난 어느 날 바이올린 선생님은 아버지에게 이렇게 말했다. "이제는 도쿄로 가서 아이의 수준과 재능에 적합한 교습을 받아야 합니다. 아이는 저와 함께 있을 필요가 없어요. 저는 더 이상 해줄 게 없어요. 도쿄에 대단히 뛰어난 부인을 제가 알고 있어요. 추천서를 써 드릴 테니 저 대신 아이와 함께 그분을 만나러 가세요. 그렇게 하실 거죠?"

아버지는 선생의 충고를 진지하게 받아들였다. 아

버지는 그 **대단히 뛰어난 부인**인 스즈키 부인에게 편지를 썼고 만날 약속을 잡았다. 그는 아들과 함께 도쿄로 갔다. 아들에게는 바이올린의 위대한 부인을 만나러 함께 가는 거라고 설명했다. 그들은 야간열차를 탔다. 도쿄에 도착하려면 14시간이 걸렸다. 그들은 정해진 시간에 부인의 집에 나타났다. 널찍한 잔디 정원을 갖춘 하얀 집이었다. 아버지는 초인종을 눌렀다. 눈부시게 우아한 흰옷을 입은 젊은 여인이 묵중한 대문을 열어 주었다. 그가 스즈키 부인이었다. 그녀의 뒤쪽에는 털이 긴 스코틀랜드산 양치기 개 콜리가 졸고 있었다. 일단 인사를 나눈 뒤에, 형은 부인 앞에서 바이올린을 연주했다. 오디션은 한 시간 이상 지속되었다. 스즈키 부인은 아버지를 바이올린 교습실로 사용되는 큰 거실로 안내했고, 뵈젠도르퍼 피아노와 더불어 그곳을 점유하고 있던 커다란 카나페에 앉으라고 권했다.

"미즈바야시 선생님, 저는 아드님을 맡아 가르치고 싶습니다. 아드님의 연주 실력은 아주 좋아요. 아드님이 성장해 가는 모습을 보면 기쁠 것 같습니다. 한 달에 몇 번이나 도쿄에 오실 수 있는지요? 2주에 한 번씩 볼 수 있다면 이상적이겠지만 아마도 그건 좀 무리한 부탁이 되겠죠…"

"..."

사실 아버지는 다른 말을 듣기 위해, 즉 그렇게까지 힘들게 노력할 필요는 없다고 스스로를 설득하기 위해 도쿄에 갔던 것이다. 그는 포기하라는 말을 은밀하게 각오했다. 아들에게 음악을 계속 시키려는 자신을 **대단히 뛰어난 부인**이 단념시켜 주기를 기대하고 있었다.

"부인은 제 아들이 음악을 계속할 만큼 충분한 재능이 있다고 생각하십니까? 이 아이를 위해 14시간을 바칠 만하다고 생각하세요?"

"네, 그럼요, 완전히 그렇게 생각해요… 정말 그래요."

그리하여 나의 부모님과 형 그리고 물론 **음악에 조예가 깊은 제삼자**인 나를 위한 음악의 길, 인생의 길, 노력의 길, 그 길고 긴 여정이 시작되었다.

1955년과 1956년의 어느 겨울날.

야간열차.

삼등실 객차. 칸막이는 없다. 승객들은 유일한 한 공간에 뒤죽박죽 섞여 앉아 있다. 탄내, 담배 냄새, 땀내가 뒤섞여 난다. 담배꽁초, 짓뭉개진 밥알, 빈 술병들, 구겨지고 찢어진 신문들로 더러운 바닥… 서로 너무 밀착된 몸들의 악취, 갇혀 버려 질식할 것 같은 느낌.

아침 여섯 시. 아직 어둡다. 보일 듯 말 듯 한 수평선의 서광. 몇몇 승객들은 잠에서 깨어나는 반면 다른 이들은 낮은 목소리로 쉬지 않고 이야기를 나누고 있었다. 중얼거리는 목소리들이 계속해서 웅웅거렸다. 그러고는 덜컹덜컹 덜컹덜컹… 끝없는 기차 소리가 실내를 가득 채웠다. 모두 졸려했지만 너무도 불편한 자리에 너무나 촘촘하게 붙어 앉아 있고 지속적인 소음 때문에 누구 하나 제대로 잠들지 못했다. 창가 가까이 한 구석에 여덟이나 아홉 살쯤 되어 보이는 아이 하나가 차창에 머리를 기대고 잠들어 있다. 그 옆에는 사십 대의 남자 하나가 초록색 천 가방에서 커다란 판형의 얇은 책을 한 권 꺼낸다. 그의 무릎 위에는 작은 바이올린 케이스가 놓여 있다. 남자는 아이를 흔들어 깨운다.

"일어나라, 시간이 됐어."

아이는 천천히 몸을 곧추세운다. 반쯤 떠진 두 눈을 비빈다.

"괜찮니? 잘 잤어? 오줌 누러 갈까?"

소년의 대답을 기다리지도 않고 아버지는 아이의 팔을 잡고, 잠을 자느니 차라리 깨어있기를 택한 승객들 사이를 지나 화장실로 데려간다. 바이올린 케이스는 좌석 위 아버지의 물건들 옆에 그대로 있다. 얇은 책은 케이스 위에 놓여 있다. 어떤 목소리가 말한다.

"바이올린이군. 정말 아주 작은 거네. 저 꼬마가 켜는 건가 봐… 그럴 거야."

"그런데 저 꼬마는 이렇게 이른 새벽에 왜 짐짝 같은 야간열차를 타고 있지? 가여워라…"

아이는 아버지에 이끌려 벌써 제자리로 돌아온다. 그들은 다시 자리에 앉는다.

"물 마실 테냐?"

아이는 거절의 표시로 머리를 가로젓는다. 아버지는 수통의 물을 컵에 따라 단숨에 들이켜고는 아이에게 말한다.

"자, 이제 평소처럼 연습해야지. 손가락들에 인사하고. 스즈키 부인 집에 도착할 때면 손가락들이 제대로 깨어나 완벽하게 준비되어 있어야 해."

아버지는 케이스를 열고 바이올린을 꺼낸다. 바이올린을 조심스럽게 아이에게 건넨다. 활도 꺼내 아이에게 건네주기 전에 줄이 팽팽해지도록 죔나사를 잘 조인다. 그다음에는 큰 판형의 얇은 책을 꺼내 들고 그러는 사이에 아이는 네 개의 바이올린 줄에 활을 그어

대며 악기를 조율한다. 깜짝 놀란 승객들은 거의 숨을 참으면서 그 장면을 목도하고 있다. 무슨 일이지? 뭘 하려는 걸까? 아이가 음계 연습을 시작한다. 아이다운 연약한 바이올린 소리, 이따금 가볍게 주저하는 듯한 소리가 들려오고 빛과 온기의 온상처럼 자리한다. 웅웅거리던 목소리들이 잦아들더니 점점 더 커지는 기차 소리 앞에서 그 강도가 줄어들고 있다. 작은 악기의 진동은 계속 증폭하는 기차의 소음을 마침내 꿰뚫어 버린다. 약 15분이 지나자 아버지는 큰 판형의 책을 아이가 볼 수 있도록 펼쳐 든다. 책 표지에 진하게 인쇄된 게오르크 프리드리히 헨델이란 글자가 완벽하게 보인다. 그것은 소나타의 악보이다. 드디어 아버지는 시작하라는 신호를 보낸다. 꼬마는 연주를 시작한다. 음악이 흘러나온다…

이렇게 나의 아버지와 형이 작은 바이올린으로 연주한 헨델의 소나타는 시끄러우면서 동시에 명상에 잠긴 야간열차의 침묵 속에 울려 퍼진다.

많은 세월이 지난 어느 날, 나는 프랑스어를 배우기 시작한 무렵에 네다섯 권의 시리즈로 된 100에서 150페이지 정도 두께의 책들을 우연히 손에 넣게 되었다. 광택 없는 갈색 종이로 겉표지를 조심스럽게 싼 그 책들은 악보집들의 판형과 비슷한 크기였고 『바이올린 연주 기법』이란 제목이 붙어 있었다. 그것은 유명한 칼 플레시의 바이올린 교재로(일본어로 번역된) 우리 집 서재의 서가에 바이올린 악보들 틈에 꽂혀 있었다. 나는 그 책들을 하나하나 들춰 보았다. 너무 여러 번 펼쳐 본 탓에 낱낱의 책장들은 찢어질 정도로 손상되어 있었다. 하지만 가장 놀랍고 당혹스러웠던 것은 바이올린의 바이블인 그 책의 수많은 페이지마다 검은색 연필로 여기저기 강조가 되어 있고 빨간색과 파란색 연필로 또다시 표시된 데다 여백에 달린 무수한 설명을 본 일, 그렇게 덧붙여진 표시들 너머로 아버지가 수행한 범상치 않은 작업(아버지는 결코 음악가가 아니었다)을 상상한 일이었다. 그것은 아들 대신에 그 헝가리 출신의 위대한 거장이 설명한 바이올린의 모든 기법을 이해하려던 노력이었다. 요컨대 아버지는 배움에 대한 욕망, 지식에 대한 갈증, 언제나 더 멀리 나아가려는 의지 그리고 고갈되지 않을 광포한 교육적 열정으로 화려한 빛을 발하며 거기에 있었다. 정작 아버지 자신은 수영도 못하면서 우리에게 헤엄치는 법을 가르쳐 주었던 일이 기억났다. 카와이의 업라이트 피아노, 칼 플레시의 교본 그리고 소니 녹음기. 매우 비싼 음악 기기, 수백 페이지에 이르는 난해한 음악 교재이자 가공할 정도로 어려운 바이올린 교본, 하찮지만 희귀한 상품인 녹음기. 증거가 되는 세 개의 물건. 추억이 된 세 개의 물건. 가격은 다르지만 문화적 가치를 지닌 세 개의 물건. 아버지의 존재감과 관심을 대체하는 세 개의 대상. 그것들 안에는 자신의 행동 영역을 언제나 좀 더 멀리 밀어붙이려 애쓰던 한 남자의 **욕망과 의지**가 담겨 있고, 그 남자는 자신의 기원과 최초의 조건에서 빠져나오기 위해, 애초에 자연적으로 부과되었던 그 조건에서 벗어나기 위해 불가능에 도전하고 있었다.

아버지는 형을 음악의 왕국으로 인도했다. 비록 직업 음악가가 되지 않았어도 계속해서 음악을 하던 형의 언어적 상상력에서 **온가쿠(음악)**라는 단어는 음악의 여신을 뜻하는 뮤즈가 아니라 엄격하면서도 눈물겨운 아버지의 이미지와 뗄 수 없을 정도로 연결되어 있다. 일본어에는 성별의 구별이 없다. 음악을 뜻하는 **온가쿠**는 남성도 여성도 아니다. 그러나 자신에게 쏟아부은 경이롭고도 애처로운 아버지의 존재에 대한 기억 그리고 자신의 작은 바이올린에 건네진 자상하고 너그러운 그 시선에 대한 기억으로, **온가쿠**는 남성 명사처럼 진동하게 된다. 여성 명사 음악이 아니라 남성 명사 음악으로 말이다.

나로 말하자면, 어린 시절 내내 들었던 길고 긴 시간의 바이올린 연습 소리로 인해 나 역시 한 걸음씩 동일한 왕국으로 인도되었다. 제삼자이던 나는 아버지와 형의 대면을 이용하여 음악 안에서 깨어났다는 느낌이 든다. 그리고 바로 그 음악이, 비록 어떤 악기도 다루지는 못하지만 나를 또 다른 음악인 프랑스어로 이끌었을 것이다. 나의 언어가 된 그 외국어를 말할 때, 나의 눈 깊은 곳에는 지울 수 없는 아버지의 이미지가 남아 있다. 내 귀의 가장 깊숙한 곳에서 나는 아버지의 온갖 미묘한 목소리를 듣고 있다.

프랑스어는 나에게 **부성父性의** 언어이다.

8.

나는 음악을 하지 않았다. 어린 시절에 피아노는 나의 동반자이긴 했지만 강요적인 것은 아니었다. 나는 음악에 매달리지 않았다. 금세 나는 이 성가신 친구를 치워 버리고 다른 놀이들에 집착했다. 싸우다 지친 부모님은 그 사실을 받아들였다. 그렇지만 음악이 나를 떠나지는 않았다. 프랑스어가 그것을 대신했기 때문이다. 나에게는 프랑스어가 특별한 음악으로 노래하게 했던 도구였다. 나는 형이 어린 시절과 청소년기에 오랜 세월 동안 해 왔던 의미로서의 음악을 하지는 않았다. 하지만 나는 나만의 음악, 오로지 나에게만 가능한 음악을 가지고 있었고 그것이 바로 프랑스어였다. 우리 가족 중 누구도 그 점을 알아채지 못했다. 다른 곳에서 온 그 언어는 나에게 벅찬 작업의 대상, 인내심을 요구하는 훈련의 대상이었고, 나의 형이 날마다 고행하듯 갈고 닦아 자기 것으로 만들어 그로부터 음악을 방출시킴으로써 자신과 혼연일체로 만들었던 바이올린과 같은 것이었다.

앞서 말했듯이, 주변의 말들이 경박해져 나로서는 견딜 수 없었던 언어적 인플레가 한창이던 시절에 모리 아라마사의 깊이 있고 진중한 말은 나를 결정적으로 프랑스어로 향하게 했고, 프랑스어는 **다른 곳**에서 온 것 중에서 내가 이해할 수 있는 유일한 것이 되었다. 내가 모리의 글과 만날 수 있었던 것은, 당시에 내가 유용하던 유일한 언어인 일본어, 태어날 때부터의 언어이기에 세상의 모든 현실이 일본어를 통해, 일본어 안에서 만들어졌건만 그 언어가 의미로부터 도피하고 진실을 결여하고 있었기 때문이었다. 모리라는 예외적인 매개자를 통해 내 앞에 나타난 프랑스어는 이제 막 시작된 나의 삶을 **다시 시작**하고 그간 영위해 온 나의 실존을 **다시 일구고** 얼굴들과 풍경들과의 관계들을 **다시 짜고** 타자와의 관계 전반을 **다시 매만지고 다시 구축하는**, 요컨대 **세계 안에서 내 존재**를 새로 정비하는 기회와 가능성을 급작스럽게 제공했다.

그렇지만 나의 안과 밖에서 말해지던 언어가 점차 붕괴되어 간다는 느낌에 의해 촉발된 이 희망, 다시 젊어지고 새로워져서 세상 속에 나를 동화시키는 일을 재구성하려는 이 욕망은 음악에 대한 기본적인 경탄과 체험에 뒤따른 것이었다. 그것은 분명 형이 바이올린 연습을 하던 그 모든 시간에 내가 함께했던 덕분이었고, 고전 음악의 걸작들을 녹음한 것을 내가 지치지도 않고 들어 왔던 덕분이고, 결과적으로 놀랄 만큼 많은 음악을 들을 수 있었기에 그것이 일종의 개인적인 아비투스로 변형되었던 덕분이었다. 언어의 궁지로 맞이한 음악의 행복감.

믿기 어려울 정도의 경탄과 현기증을 체험한 것은 모차르트의 몇몇 오페라들, 특히 〈피가로의 결혼〉을 들었을 때였다. 내가 열일곱 살 때였다. 당시의 나는 대부분의 젊은이들처럼 아니 모든 시대의 그 또래 청소년들처럼 직업에 대한 분명한 미래를 그려 낼 수 없었다. 게다가 나는 약간은 번뇌하던 고등학생이었고, 말하자면 **언어의 고통**을 겪고 있었다. 아직 모리의 텍스트로부터 계시를 받기 전이었다. 사람들이 하는 말, 시중에 유통되는 언어, 나에게 강요된 언어, 나를 관통하던 언어, 나의 안과 밖에서 동시에 울려 대고 반향하며 확산되던 그 언어, 수다스러운, 무한히 수다스럽고 견딜 수 없이 단조롭게 수다스러운, 듣지 않을 수 없었던 그 언어가 나를 고통스럽게 했다.

1876년 2월 6일에 플로베르는 자신의 **친애하는 스승** 조르주 상드에게 보낸 편지에서 이렇게 적고 있었다. "짧은 콩트를 쓴 다음에 또 다른 콩트를 쓸 겁니다. 마음이 너무 혼란스러워서 긴 글을 쓸 수 없기 때문입니다. 처음에는「성자 쥘리앵」을 신문에 발표할 생각이었습니다. 하지만 포기했습니다. 뭐 하려 그러나? 라는 생각이 들었습니다. 그 온갖 상점들(신문들 말입니다)이 너무도 역겨워서 차라리 그것들로부터 멀어지고 싶습니다." 만일 내가 그 시절에 플로베르의 이 편지를 읽었더라면 거기에서 내 모습을 알아보았을 것이다. 거리두기에 대한 그의 입장을 높이 평가하고 '역겨워서'라는 단어가 쓰인 것에 민감하게 반응하며 기쁨과 연대감에 목청을 높였을 것이다.

내가 모차르트에게서 발견했던 것은 **부유하는** 이념들의 잡동사니나 주변의 진부한 무리와 정확하게 반대되는 것이었다. 그 음악과 그것이 각 인물을 위해 표현하고 있는 영혼의 서로 다른 움직임 사이에 빚어내는 완벽한 **일치감**은 기적처럼 느껴졌다. 이탈리아어에 대한 나의 무지는 전혀 방해되지 않았다. 오히려 다 폰테*의 언어를 모른다는 사실이 음악 감상을 더 유리하게 했고 주의력을 드높였다. 나는 오페라의 시놉시스만 대강 훑어보는 데 만족했다. 극의 줄거리가 어떻게 흘러가는지만 알고 나면 음악에 집중하여 빨려 들 수 있었다. 음악이 말을 대체했던 것이다.

몽펠리에로 떠나기 전에 〈피가로의 결혼〉을 얼마나

* 모차르트의 세 편의 가극 <돈 조반니> <피가로의 결혼> <코지 판 투테>의 대본을 쓴 이탈리아 작가.

자주 들었던가! 말할 수 없을 정도이다. 나는 하염없이 증폭되는 감탄으로 모차르트의 그 기적 같은 음악을 듣고 또 들었고 급기야 프랑스 땅에 발을 내딛기에 앞서, 18세기 유럽에 풍덩 빠져 버렸고 그것에 관해 학부의 졸업 논문(일본에서 심사위원에게 제출하는 최초의 글쓰기 작업을 지칭)을 작성하기로 했다. 18세기 후반에 그처럼 천재적이고 초월적인 작품의 출현, 그토록 생생한 음악적 세계의 탄생, 그토록 고요하게 새로운 사회적 관계를 창조하게 했던 것은 무엇이었나? 이것이 나를 사로잡았던 질문이었다.

9.

프랑스어에 대한 나의 사랑은 잘츠부르크의 그 음악가에 대해 지녀 왔던 그리고 지금도 여전한 그 사랑에 의해 부양된 것이라는 사실을 믿을 수 있을까? 18세기 오스트리아 출신의 작곡가가 프랑스어에 투신하는 나의 작업에 도움이 되었다고? 처음에는 상상하기 어려울 것이다. 그렇지만 내 경우에는 그러했다. 하지만 내가 모차르트에 매혹되었던 것은 무엇일까? 특히 〈피가로의 결혼〉에 나타났던 것은 무엇이었나?

모차르트는 **부르주아**가 아니다. 온전한 권리를 가진 부르주아는 아직 아니었다고 말해야 한다. 그는 부르주아 사회의 전문 직업군이 일상적 조직을 형성해 가던 상인들의 관계 속에 아직 들어가 있지 않았다. 유럽 전역을 돌아다니며 후원받는 예술가의 **자리**를 찾으려는 그의 방황은 바로 거기서 비롯한다. 그러나 동시에 그는 전통적 후견 세력에 더 이상 복종하지 않았다. 그의 독특한 입지는 이 **중간적 위치**, 즉 **더 이상 아닌 것**과 **아직은 아닌 것** 사이의 연약한 균형 속에 자리하고 있다. 나는 알프레트 아인슈타인*의 중요한 지적을 기억한다. "음악 애호가는 콘서트홀의 시민이 되어 간다. 모차르트는 자신이 거기에 참여하지 않은 채로 그러한 진화의 탄생을 목도할 수 있었다. 그의 피아노 협주곡들은 여전히 사교계 여흥의 가장 민감한 장르에 속해 있고 심지어 그의 마지막 교향곡 서너 개는 '실내악'과 콘서트홀 사이의 중간에 속해 있다." 역사 속에 기입된 그의 중개자적 성격은 그를 천상의 보증과 근대 사회의 지상적인 중력으로부터 동시에 벗어나게 한

* 독일 출신의 미국의 음악사가로 모차르트와 이탈리아 마드리갈 연구의 세계적 권위자이다.

듯하다. 그의 음악에 드러나는 것이 바로 이러한 자유이고 그것은 그의 음악의 깊이를 명확하게 표현해 낸다. 신앙에 대한 맹목적인 복종은 없다. 하지만 염가 판매나 감정의 인플레나 거짓된 **선전** 또한 없다. 있는 그대로의 모습과 드러나는 모습 사이의 편차를 창출해 내는 인물에 대한 비열한 가치화 또한 없다. 모차르트의 음악을 듣고 있으면 어떤 평화, 정적인 평온함이 자리하는데 그 이유는 바로 우리의 귀가 단박에 본질적인 것을 포착하기 때문이다. 모차르트적 인물이 음악에 의해, 음악 안에서, 음악을 통해서 말하는 바를 우리가 그대로 포착할 수 있기 때문이다. 그 인물은 결코 자기 자신보다 아래 있거나 위에 있지 않다. 그는 정확하게 자리 잡는다. 거기에는 **존재**와 **외양** 사이의, 있는 그대로의 모습과 음악이 그에게 드러나게 하는 것 사이의 행복한 화해 같은 것이 있다. 외부와 내부의 절연, 분리, 분열은 없다. 외면은 곧 내면이다. 모차르트에게서 존재는 그 자신 안의 모습 그대로 드러난다.

모차르트가 처한 **중간적** 입장은 〈피가로의 결혼〉의 매혹적 인물인 수잔나 안에서 폭발한다. 알마비바 백작의 하녀 수잔나는 젊은 서민이자 농가 출생의 하층민으로 알마비바 백작과 같은 영주가 운영하는 성城이라는 사회 안에서 맨 아래의 위치를 차지하고 있다. 하지만 사실을 말하자면 그녀는 **더 이상** 단순한 하인이 아니다. 그녀는 하층민과는 다른 어떤 사람으로, 사회가 그녀에게 부여하고자 하는 존재만은 아니다. 제1막의 첫 장면은 그 점을 멋지게 보여 준다.

제1막의 장면 6과 7. 피가로와 수잔나가 그들의 신혼밤을 보내게 될 방에 시동 케루비노가 도피처를 찾아 수잔나 곁으로 찾아온다. 바르바리나에게 치근거리는 모습을 들켜 백작으로부터 성을 떠나라는 명령을 받았던 것이다. 그런데 피가로와 결혼하기로 한 수잔나를 결혼식에 앞서 소유하고 싶었던 알마비바 백작이 결혼 초야권*을 발동하려고 수잔나의 방에 당도한다. 케루비노는 성에서 나가라는 명령을 받은 터라 백작의 면전에 나설 수 없다. 그리하여 케루비노는 방 한가운데 있는 커다란 안락의자 뒤로 몸을 숨긴다. 백작이 수잔나에게 '해질녘에 정원으로 잠시 나오라'는 부탁을 할 때 음악 선생 바질리오가 갑자기 나타난다. 하녀의 방에서 온당하지 못한 요청을 하는 모습을 들키고 싶지 않았던 백작은 안락의자 뒤로 숨고, 그로 인해 케루비노

* 서민이 결혼할 때에 추장, 영주, 승려 등이 신랑보다 먼저 신부와 잠자리를 같이할 수 있는 권리. 미개 사회나 봉건 시대의 일부 지역에서 볼 수 있다.

는 의자 앞쪽으로 돌아가 다시 몸을 숨긴다. 수잔나는 태연하게 안락의자를 '실내복'으로 덮어 버린다.

이 장면은 이들이 벌이는 숨바꼭질 때문에 관객의 웃음을 유발했던 유명한 장면이기도 하다. 안락의자에 몸을 웅크리고 실내복 아래 숨어 있는 어린 시동을 따로 떼어 놓으면, 여기서 수잔나는 두 명의 인물, 즉 알마비바 백작과 바질리오를 면전에 두고 있다. 서둘러 강조하자면, 희한하게도 한낱 하녀에 불과한 수잔나가 이 모든 상황의 주도권을 쥐고 있다는 사실이다. 그녀만이 안락의자의 **시적** 기능, 즉 비실용적인 기능(아무도 거기에 앉아 있지 않으므로)을 알고 포착하고 있으며, 그 의자를 중심으로 세상의 온갖 복잡한 성격이 구체화된다.

그러니까 수잔나는 두 명의 인물과 대면하고 있다. 여기서 잘 이해해야 할 것은 각자가 그 젊은 여자 앞에서 단지 뭔가 좀 수상쩍은 남성 개인으로서가 아니라 권력의 상징적 **형상**으로서 자리하고 있다는 점이다. 알마비바 백작은 위대한 귀족이자 아구아스프레스카스 성의 주인으로서 정치권력을 구현한다. 바질리오는 '무례하고' 심지어 방탕한 성격에도 불구하고 성직자에 속해 있다. 그러니까 그는 교회 권력을 대변한다. 그러므로 하녀가 부르지도 않았는데 두 권력이 이제 막 결혼하려는 커플의 내밀한 공간 깊숙이 침입해 들어왔다는 사실을 어찌 눈치채지 못하겠는가? 그것은 진정한 **불법침입**이라 할 수 있다. 그 불법침입은 상호 관계 유지에 있는 두 권력이 공모하는 함정에 수잔나가 빠져 버렸다는 것을 보여 준다. 허튼소리가 아니라 그 공모는 실재한다. 그리고 그 공모를 강조한 것은 모차르트 자신이다. 바질리오가 케루비노를 숨겨 주던 실내복을 걷어 내고 바르바리나의 집에서 부인을 유혹하던 시동 이야기를 폭로함으로써 자신[바질리오]의 **동기**를 알마비바 백작에게 빌려주도록 모차르트가 극을 꾸려 나가기 때문이다.

이러한 권력 구조를 고려해 볼 때, 이 장면의 놀라운 점은 수잔나가 드러내는 비범한 해방 운동의 시초를 관객이 목도하게 하는 데 있다. 바질리오가 백작 부인에 대한 케루비노의 연정을 폭로하자 분노한 백작이 숨어 있던 곳에서 나오는 순간 수잔나는 기절할 뻔한다. 그녀는 "고통스러워 숨이 막힌다."라고 말한다. 두 남자가 그녀를 붙잡고 의자에 앉히려고 하자 정신이 돌아온 수잔나가 소리친다. "이런 무례함이! 방에서 나가세요!" 기절은 **작은 죽음**이다. 그녀가 의식을 되찾는다는 것은 그러므로 소생 혹은 재탄생을 명확하게 드러내는 것이다. “이런 무례함이! 방에서 나가세요!”라는 대사에 곁들여진 악절은 비할 데 없는 에너지가 실려 있고 자율적 의지와 해방의 욕망을 드러내면서 이후 그녀가 후견자들의 권력을 마주할 때 수잔나 안에 내재하게 된다. 시녀, 하녀, 평범한 농민, 하층민인 그녀가 전통적 지배층의 억압적인 힘으로부터 벗어나고자 하는 것이고, 그 점이 나에게는 젊고 지적이며 고귀한 영혼 속에 드러난 전적으로 새로운 여성 인물로 비쳐졌다. 당시 내가 속해 있던 지정학적이고 역사적이고 지적인 영역에서는 특히나 그러한 인물의 부상은 생각할 수도 없었다는 점을 말해야만 한다. 수잔나는 계몽 시대의 여성이다. 그 시대가 바로 계몽기였기 때문이다. 물론 내가 당시로서는 그렇게 현학적인 단어와 그 말이 끌어들이는 모든 의미를 제대로 알지 못했지만 말이다.

내가 그런 것들을 이렇게 소급하여 파악하는 것도 요즘에서의 일이다. 당시에는 그 장면에서 행해진 유혹이나 그 여성 인물의 출현이 불러일으켰던 감동을 합리적으로 가늠할 수 없었다. 더구나 나는 그런 것들을 괘념하지도 않았다. 나는 말 그대로 수잔나에 매료되었다. 그녀는 완벽한 아름다움과 지성, 바른 마음씨와 정신으로 빛났다. 그녀는 앞날을, 아직은 의혹과 근심의 흔적이 어디에도 없는 앞날을 지시하는 듯했다. 그러므로 내가 알마비바 백작 부인의 하녀에게서 나에게 필요했던 놀라운 갱신의 힘을 발견했다고 믿었던 것은 우연이 아니었다. 나는 그 18세기의 젊은 하녀와 사랑에 빠졌다. 그렇다, 나는 그녀를 사랑했으며 그녀를 닮은 모든 여성들을 사랑하게 될 거라는 것을 알고 있었다.

10.

그러니까 나는 수잔나 안에서 내가 바라고 추구했던 여성을 보았던 건가? 그렇다, 필경 그랬을 것이다.

어쨌든 나는 그녀의 매력에 무방비 상태로 굴복했다. 내가 만났던 모든 여인들은 수잔나라는 존재의 본질 자체를 구성하고 있는 듯한 자질들에 비추어 판단되었다. 그 젊은 하녀는 부드러움과, 부당한 권위의 굴종에 용감히 맞서는 정신력을 행복하게 조화시키고 있었다. 나는 그녀가 정체불명의 어떤 종족에 속한 사람이라고까지 말하고 싶다. 부드러운 여인들, 말랑할 정도로 부드럽고 복종적인 여자들은 주변에 차고 넘쳤다. 비교적 드물긴 하지만 고집 센 여인들은 요란하게 남의 시선을 끌어댔다. 나는 우유부단한 부드러운 여인들과도, 뻔뻔한 자만심을 드러내는 듯한 고집 센 여인들과도 친해지지 못했다. 두 가지 자질을 겸비한, 즉 부드러움과 인식 사이의 연약한 균형 상태를 이룬 여인들은 가까이에서 볼 수 없었다.

내 나이 열아홉이었다. 나는 내 또래 여자들에 둘러싸여 있었고 여자 친구는 없었다. 여자 친구는 한 번도 가진 적이 없었다. 딱 한 번, 반 친구 앞에서 감탄한 적은 있었다. '키가 크고 날씬'했던 그 여자는 (보들레르의 「크레올의 여인에게」에 나오는) '사냥하는 여인'처럼 걸었다. 성性이라는 매혹적이면서 동시에 두려운 문 앞에서 끊임없이 고통스러워하는 모든 늦된 청년들처럼 나 역시 잘 다스려지지 않는 야수 같은 욕망을 오래전부터 내면에 갖고 있었다. 대학에서 마주친 꽃다운 여자들 사이에서 다른 이들과 구별되는 한 여자가 있었다. 그녀는 독일어를 했다. 고등학교 때 미국에 체류했던 그 여자는 그 시절에 대한 특별한 흔적을 간직하고 있었다. 그리고 바로 그 **이국적인** 측면은 그녀가 편하게 구사했던 영어로 강화되었고 그 점 때문에 나는 그녀에게 끌렸다. 가을이 시작되던 어느 날 우리는 신주쿠의 번화한 동네에 있는 극장에 같이 갔다. 그녀를 잘 알지는 못한 채로 벌써 3년 전부터 그녀와 아는 사이로 지내던 참이었다. 내 기억이 맞는다면 그것은 내가 몽펠리에로 떠나기 며칠 전의 일이었다. 나는 그 어떤 것과도 닮지 않은 관계 속에 뛰어들고 있다는 감정으로 생전 처음 젊은 여자와 진정한 데이트를 한 셈이었다. 그녀는 허리까지 내려오는 긴 머리칼을 가지고 있었다. 무릎 바로 위까지 올라오는 물방울무늬의 짧은 원피스 아래로 거의 투명에 가까운 반짝이는 스타킹을 신은 날씬한 다리가 보였다. 그녀와 단둘이 극장에 간다는 일이 나로서는 그녀에게 작별 인사를 건네는 아주 내밀한 방식이었을 것이고 어쩌면 무의식적으로 나를 잊지 말라는, 기다려 달라는 부탁이었을 것이다…

그런 거였나? 그랬나? 아니다, 그럼에도 불구하고… 내가 나의 미래를, 아직 더 오래 지속될 수 있을 그 미래를 그렇게 과격하게 결정하려 했을까? 한 가지 확실했던 건 몽펠리에로 떠나려는 결심은, 무거운 일상으로부터 나를 떼어 내고 세계 속에 무감하게 편입하던 나의 스타일로부터 나를 멀리 데려갈 미친 듯한 조국 탈출의 체험에 뛰어드는 일이라는 사실이었다. 그러니 범속한 현재로부터 나를 멀리 데려가려는 시도를 못할 게 무엇인가?

우리는 그날 저녁 로만 폴란스키 감독의 〈맥베스〉를 보았다. 영화의 마지막에 피로 범벅된 맥베스의 머리가 땅바닥에 뒹굴 때 그녀는 두려운 마음에 가벼운 비명을 질렀고 내 손을 잡았다. 극장에서 나와 우리는 역을 향해 걸었다. 여자 친구의 팔은 내 팔에 감겨 있었다. 그렇지만 나는 그녀에게 아무 말도 해 주지 못했다. 그 밤길을 장식해 줄 어떤 유혹의 유희도 하지 못했다. 어떤 흥분된 말도 함께 걷던 그 길을 기념해 주지 못했다. 희미한 가로등이 비추던 그 밤의 기나긴 침묵 속에 의혹과 거북함과 두려움이 여기저기 뚫고 들어왔다. 내 발걸음은 무거워졌다. 어색한 나의 두 손은 더 이상 어쩔 줄 모르고 있었다. 마침내 나의 입에서는 곧 **다시**

만나자라는 한심한 인사말만 새어 나왔다. 나는 그녀를 집까지 데려다주지 않았다. 눈물이 날 정도로 비참했으나 동시에 안도감이 들기도 했다…

몇 달 후 몽펠리에에서 지금은 그 내용을 완전히 잊어버린 그녀의 편지 한 통과 사진을 받았는데, 사진 뒷면에 'I hope you like it'이라는 글귀가 적혀 있었다. 영어로 된 아주 간단한 그 문장에서 나는 그녀가 나로부터 무한히 멀리 있다는 걸 느꼈다. 답장은 하지 않았다. 나는 프랑스어라는 깊은 바닷물 속으로 잠겨 들기 시작하고 있었다. 경이로운 프랑스어라는 짙은 숲속으로 한 걸음씩 나아가고 있었다. 어떤 만남을 위한 인내를 요구하는 조급함 속에 들어서고 있었다. 오, 수잔나! 너는 어디 있는가?

11.

수잔나는 **더 이상** 단순한 하녀가 **아니다**. 하지만 그렇다고 그녀가 부르주아거나 19세기 여성인 것도 아니다. 그녀가 자본주의 시기의 여성이거나, 나폴레옹 법전에 따라 결혼한 혹은 결혼을 잘못한 여자, 그리하여 다가올 소설 문학에서 어두운 미래를 체험하게 될 그런 여자도 **아직은 아니다**. 그녀는 예컨대 엠마 보바리처럼 돈의 지배에 굴복하게 되는 여자가 **아직은 아니다**.

수잔나는 문학과 음악이 이루어 낸 성공적인 기적이다. 그녀는 봉건적인 폐쇄 사회의 전통적인 실존 그리고 상업 경제 고유의 사회적 관계 속에서 굴러갔던 근대적 삶, 이 두 가지에 대해 똑같은 거리를 지키며 자리하고 있다. 민감하고 불안한 균형 속에서 이루어진, 이 **중간적 위치**가 그녀를 진정성으로 감싸 주었고, 그것은 비극적으로 분열되고 소외된 **근대적** 존재가 피해 갈 수 없었던 거짓된 표현으로부터 그녀를 멀리하게 해 주었다. 먼 훗날 내가 아도르노의 「체를리나에게 바치는 오마주」라는 짧은 글을 읽었을 때, 나는 그 안에서 나를 되찾은 느낌을 받았고, 그 독일 철학자가 **행복한 부동 상태의 역사**에 대한 메타포 안에서 〈돈 조반니〉에 나오는 체를리나를 언급했을 때 나의 소중한 수잔나를 다시 만난 느낌이 들었다.

체를리나 안에는 로코코와 대혁명의 리듬이 머물러 있다. 그녀는 더 이상 목동이 아니다. 하지만 아직은 시민도 아니다. 이 두

형상 사이의 중간에 자리한 역사적 계기에 위치한 그녀는 더 이상 봉건 사회의 압제에 의해 살해되지 않는 연약한 인간성을 입증하지만 동시에 부르주아 사회의 야만성에 대항하여 보호되고 있다. 그리고 바로 그 인간성이 순식간에 그 모든 광채로 빛난다. […] 체를리나는 말하자면 도시와 시골 사이의 차이를 넘어서는 유토피아 상태를 앞지르고 있다. 그녀는 행복한 부동 상태에 있는 역사에 대한 메타포이고 바로 그런 점에서 그녀는 영원한 생명을 부여받고 있다.

수잔나의 고요하고 만개한 아름다움은 그리하여 나를 18세기에 대한 탐색으로, 모차르트의 세계 속에 주의 깊고 인내심 있게 침투하는 일로, 무엇보다도 프랑스어에 깊숙하게 몰입하는 일로 불러들였다. 당시에 내가 역사 교과서에서 배웠던 프랑스어는 계몽기의 유럽에서 뛰어난 지적 소통의 언어였기 때문이었다. 나는 그 언어를 배우는 게 행복했고 그 언어의 고지에서 상승하며 앞서 나가는 일이 행복했고 그 언어의 물결 속에 풍덩 빠져들어 그 안에서 용해되는 게 행복했다. 그 언어는 끊임없이 나에게 손짓했고 결국 나를 키워 내고 있었다.

12.

그러니까 나에게 프랑스어를 전유하는 **경험**의 중요성과 깊이를 가르쳐 준 것은 모리 아리마사였다. "프랑스어를 배우는 일은 삶의 기획이고 평생의 기획이다." 나는 내 앞날의 삶이 그 일에 뛰어들도록 소환되었다고 이해했다. 더구나 볼프강 모차르트가 수잔나라는 빛나는 현존을 통하여 프랑스어의 영토로 나를 밀어 넣도록 멀리서 지속적으로 함께하고 있었다. 이 두 가지의 에너지원, 아니 만일 모차르트가 만들어 낸 수잔나라는 인물이 차지하는 자리에 아주 특별한 중요성을 인정한다면 셋이 되는 이 에너지원들은 내 성년의 삶 전체가 프랑스어의 거대한 영역 안에서 흘러가도록 하는 데 충분했을까? 나는 확신할 수 없다. 왜냐하면 결국에는 세 번째(혹은 네 번째)의 이름이 대학 생활 첫해부터 나의 삶 속에 들어와 평생을 떠나지 않았기 때문이다. 그것은 장 자크 루소이다.

고등학교 시절에 나는 루소에 대해 아무것도 몰랐다. 내가 장 자크에 대해 갖고 있던 이미지는 교과서에서 직접 나온 몇몇 진부한 것들을 결코 넘어서지 않았다. 하지만 열일곱에서 열여덟 살 즈음, 모리 아리마사의 결정적 영향력 아래서 그리고 모차르트의 계시라는 맥락 안에서 프랑스어의 세계로 들어서도록 노력하겠다는 결심이 섰을 때, 근대성의 탁월한 사상가로 보였던 루소로부터 시작해야 할 필요성을 어렴풋이 느꼈다. 나는 『사회 계약론』의 저자에 대해 좌파의 온갖 사회적 담론이 확산되어 있다는 사실에 무감하지 않았다. 근대 민주주의의 아버지인 루소, 프랑스 대혁명의 선구자인 루소, 최초의 근대적 작가 루소 등등. 그리고 나에게는 **근대적이라는** 가치가 절대적이었다는 점을 말해야 한다. 나의 아버지가 야만적이고 잔인한 전체주의의 군사 체제로 고통받았으며 육체적이고 정신적인 고문까지 감내했다는 사실을 알고 있었기 때문이다. 제네바 출신의 시민이던 루소의 초상화 이면에서 예민하면서도 사려 깊은 내 아버지의 그림자를 보았던 것이다. 그리고 어쨌든 〈피가로의 결혼〉의 모차르트가 점유한 가늠할 수 없을 정도로 중요한 위치에서 볼 때 18세기의 선택은 협상할 수 없는 문제였다. 모차르트와 루소는 내 젊은 시절의 두 영웅이었고 40년 가까운 세월이 지난 지금도 여전히 그렇게 남아 있다.

나는 우선 『학문예술론』을 읽었다. 루소의 중요한 작품들은 일본어로 번역되어 있었다. 그러나 나는 『최초의 담론*』을 일본어로 읽지 않았다. 대담하게도 루소의 텍스트로 직접 뛰어들었던 것이다. 나는 웅변적 문체의 풍부한 수식어들 그리고 복잡한 문법 구조들과 사투를 벌였다. 너무 어려울 때는 졸음에 빠져들었지만 이겨 낼 수 있었다. 그렇게 해서 마지막에 이를 때까지 많은 시간이 걸렸다. 나의 작가인 루소를 번역본으로 읽겠다는 유혹에 굴복하지 않았던 것이다. 그다음에는 『인간 불평등 기원론』을 탐독했다. 그 책은 정치사회 이념의 역사에 관한 강의를 들었을 때 참고 서적 중 하나였다. 600페이지에 달하는 『에밀』도 공략을 시도했는데 몽펠리에로 출발하기 전까지 다 읽지 못했다. 또한 네 개의 편지글로 된 『말제르브에게 보낸 편지들』을 통해 루소의 내면적 텍스트로 침투하려는 시도도 했다. 나는 읽고 또 읽었다. 치열하게 읽었으나 루소의 언어는 내 앞을 가로막고 선 거대한 돌덩어리 같아서 사전으로는 도무지 부숴 버릴 수가 없었다. 혹은 그것은 마치 내가 근접할 수 없는 여인 같았다. 나는 그녀를 욕망했으나 그녀는 나를 밀어내고 도망쳤고, 끊임

* 『학문예술론』을 일컫는 또 다른 명칭이다.

없이 나를 벗어나고 있었다. 그런데도 나는 절망적으로 그녀를 붙잡으려고 애를 썼다. 때때로 그녀는 내 눈앞에 보이지도 않았다. 그녀는 두터운 안개 속에 파묻혀 있는 듯했다. 환한 빛 속에서 그녀를 볼 수 없도록 불투명한 베일에 몸을 숨기고 있었나? 혹은 그녀와 나 사이에 어떤 신비한 장막이 가로놓여서 내 시야를 어둡게 했나?

그렇지만 그런 어려움에도 불구하고 방금 인용했던 텍스트들은 내게 지워지지 않는 흔적을 남겼다. 나는『학문예술론』의 몇몇 페이지들에 곧장 마음을 빼앗겼고 거기에서 모차르트를 체험하면서 소중해진 주제를 되찾았다. 아니, 모차르트의 음악을 듣고 느꼈던 그 이름 없는 감정, 명명할 수 없는 채로 남아있던 그 감정을 루소가 분명하게 해 주었다고 말하는 게 좀 더 정확하지 않을까? 어쨌든 나는 루소가 적합한 말을 부여하는 일에, 말하자면 천재적인 음악가의 음악을 들은 나의 청력과 〈피가로의 결혼〉의 음악적 역동성이 나에게 불러일으킨 모든 감동에 적합한 언어적 표현을 부여하는 일에 성공했다는 느낌을 받았다. 그것은 기적과도 같았다.

그 시절, 힘겹고 고통스러웠던 나날의 독서에 따라

수백 장의 인용 구문들을 빼곡하게 정리해 놓은 낡은 노트 몇 권은 지금도 내 눈앞에 있다. 루소를 읽으면서 이러저러한 방식으로 나의 관심을 끌었던 문장들, 문단들, 구문들, 때로는 몇 페이지 전체를 들어내어 그것들을 **나를** 위해 다시 옮겨 적었다. 나중에 지도 교수에게 제출해야 할 논문에 그것들을 도입하리라는 희망과 함께 내 것으로 만들려는, 그것들을 보관하려는 나만의 방식이었다. 당시에 내가 파란색 잉크의 파카 만년필로 적었던 빛바랜 노트의 인용문 중 하나를 여기 소개한다.

외부의 용량이 언제나 마음이 받아들일 수 있는 만큼의 이미지라면, 품격이 미덕이라면, 우리의 윤리 규범이 규칙으로 쓰인다면, 진정한 철학이 철학자의 지위와 분리되지 않는다면, 우리들 사이에서 살아가는 일은 얼마나 감미로울까! 그러나 수많은 자질들이 조화를 이루는 경우는 극히 드물고, 미덕은 그토록 거대한 허풍 안에서 결코 순조롭게 발휘되지 않는다. 풍부한 치장으로 고상한 취미의 인간임을 공표할 수는 있겠으나, 건전하고 강인한 사람은 다른 표식들로 식별된다. 신체의 힘과 활력은 궁정인의 금장식 복장이 아니라 농부의 투박한 의복 아래서 발견되기 때문이다. 영혼의 힘과 활력인 미덕에 치장은 낯설기만 하다. 선한 인간은 맨몸으로 싸우는 일을 즐기는 운동선수이다. 그는 힘의 사용을 방해하는 온갖 거추장스러운 장식들, 대개는 몇몇 기형을 감추기 위해서만 고안되었을 뿐인 장식들을 경멸한다.

예술이 우리의 태도들을 만들어 내고 우리의 열정을 멋 부린 언어로 말하도록 가르쳐 주기 이전에 우리의 풍습은 투박하나 자연스러웠다. 그리고 방식의 차이는 단번에 성격의 차이를 공표했다. 인간 본성은 근본적으로 최상의 것이 아니었다. 그러나 인간들은 서로를 쉽게 침투할 수 있다는 데서 자신들의 안전을 찾아내곤 했고 그것의 장점은 우리가 더는 그 대가를 느낄 수 없는 수많은 악덕을 용서해 주는 데 있다. [...]

조심스럽게 정성을 다해 필사한 그 유명한『파브리쿠스의 열변』옆에 나는 왜 이 구문을 다시 옮겨 적었을까? 분명 거기에서 내가 겪었던(겪었다고 생각한) 언어적 고통의 기원에 관한 모범적인 표현과 그 고통에서 면제된 사회성에 대한 강렬한 대변 또한 발견했던 듯하다. 이 인용문 여백에 일본어로 적어 놓은 짧은 설명은 그런 의미로 읽힌다.

젊은 시절의 루소는 계몽기의 유럽에서 아직 미지의 인물이었고 오늘날은 잊힌 〈연애에 빠진 뮤즈들 Muses galantes〉이라는 오페라의 작곡가로만 알려졌을 따름이었는데, 1750년에 『최초의 담론』으로 디종 아카데미상을 거머쥐며 다음과 같이 제기된 질문에 상응하는 대답을 내놓았다. "학문과 예술의 확립은 관습의 정화에 기여하는가?"라는 질문. 루소는 혁명적 웅변가의 어조를 예고하는 격렬함으로 사회관계의 유형을 고발하고 있고, 이것은 반세기 후에 모든 근대 사회의 지배적이고 본질적인 특징을 구성하게 된다. 그 책은 이항대립이라는 구성 의도를 따르고 있는 듯이 보인다. 루소 언어의 장식적 화려함에서 길을 잃는 느낌이던 초보자의 눈에조차 그의 글이 대립의 유희에 기대고 있다는 점은 두드러지게 나타났다. 외부/내부(마음), 치장/맨몸, 궁정인/노동자, 금장식/작업복, 멋 부린 언어/투박하고 자연스러운 풍습의 언어 등등. 그리고 이 일련의 대립들이 결국 **존재**와 **외양**의 결별이라는 핵심 테마의 중심으로 수렴해 가는 모습은 꽤 인상적이다. 예전에 인간들은 두 심급을 나누는 경계선을 지워 가면서 '서로를 쉽게 침투해 가는 일'을 즐겼다. 하지만 오늘날은 '사람들이 더 이상 있는 그대로를 내보이려 하지 않는다'. 예의, 단정함, 사회적 관습, 다시 말해 사회적 거래에 속하는 온갖 가치들은 인간존재의 진정한 개인성을 은폐한다는 바로 그 이유로 신용을 잃어버렸다. '신체의 힘과 활력'인 건강은 '일꾼의 투박한 의복' 아래에 있듯이 '영혼의 힘과 활력'도 '치장' 아래가 아니라 살갗이 드러나는 건강한 맨몸에 자리한다. 그러나 **외양**의 숭배는 거대한 **베일**을 드리울 정도로 진전했고 그 밑에 온갖 '악의 행렬'이 감추어져 있다. 루소가 **예의**라고 지칭하는 게 바로 그 **베일**이고, 그것은 '비루하고 기만적인 획일성'의 모습을 띤다.

나는 '만연한 언어 인플레 속에서 기만당하는' 고통스러운 느낌과 더불어 '벗어날 수 없이 질식할 것 같던 감정'이 내가 읽었던 18세기의 그 작가의 글에서 정확한 언어로 표현되고 있다는 사실에 당혹스러웠고 충격을 받았다. 『최초의 담론』에서 해방의 힘, 카타르시스의 에너지를 길어 올릴 수 있을 것 같았다. 〈피가로의 결혼〉의 경이로운 음조들에서, **아직은** 인간을 소외시키는 사회 세력의 전제주의 아래 살고 있지 **않기에** 모든 황폐한 멜랑콜리로부터 자유로운 존재들의 행복감을 들었던 것처럼 말이다. 장 자크의 글에서 나는 볼프강의 음악을 들었다. 볼프강의 음악 〈피가로의 결혼〉에서 나는 인물들의 대사를 통해 장 자크의 글을 읽고 있었다… 볼프강과 장 자크는 결정적으로 내 안에 자리를 잡았다. 그들은 이제 더는 서로 떨어져 있지 않을 것이고 나를 떠나지도 않을 것이다. 그것은 하나의 확신이었다.

13.

대학 3학년이 되었을 때, 아버지는 나에게 프랑스 유학을 위한 장학생 선발 고사를 권유했다. 일본의 한 일간지가 주관한 그 선발 고사는 오직 대학 학부생만을 대상으로 했다. 선발된 8명의 학생 중 절반만 프랑스 정부에 추천 자격이 주어지고 프랑스 정부 장학생이라는 멋진 타이틀의 영광을 얻을 수 있었다. 사실 나는 떠나야만 했다. 비좁은 내 나라를 벗어나야만 했다. 언어의 질병에서 나를 해방시켜야만 했다. 프랑스어에 의해 이끌려 들어간 세상 속에서 프랑스어로 축적된 내 안의 모든 것을 사용해야 했고, 프랑스어로 체험되고 구축된 삶의 행실에 결탁된 상태로 들어서야 했다. 요컨대 나의 열정과 사랑이 되어 버린 루소의 언어가 가진 모든 부피와 역량 속으로, 일상생활의 모든 격식 속으로 미끄러져 들어가 헤엄치고 스며들어 되도록 깊숙이 잠겨야 했다.

몇 단계에 걸친 여러 차례의 시험이 있었다. 마지막 시험은 일본인과 프랑스인으로 구성된 두 심사자와 프랑스어로 나누는 면담이었고, 나는 상당한 스피치 실력을 발휘한 데 대해 흡족해했다. 잘 구성된 담화를 만들어 내려고 마음속으로 단단히 준비했다. 하지만 그 스피치에서 나의 주된 관심은 라디오 방송을 통해 자주 들어 왔던 프랑스어에서 매우 예리하게 감지했던 발음을 상승과 하강의 음악적인 흐름으로 재생하는 데 있었다. 또한 고갈되지 않는 보물창고였던 그 음성 자료들을 들으면서 포착했던 리드미컬한 구조들을 재현해 내는 일에 전력을 쏟았다. 나는 시험 결과에 대해 크게 걱정하지 않았다. 오히려 사람들의 온갖 불안감을 차분하게 받아들이며 자신감을 보였다. 그리고 마침내 나는 행운을 거머쥔 사람들 가운데 하나가 되는 기쁨을 누렸다. 더구나 프랑스 정부 장학생의 혜택을 받는 그룹에 분류되었다. 그 자격으로 2년간의 장학금을 얻어 냈다. 운명의 벽을 뚫었다는 느낌이 나를 사로잡았다. 그것은 **다른 곳에서 온 언어**인 프랑스어의 후원 아래 전적으로 놓이게 되는 삶의 본격적인 시작이었다.

그리하여 나는 프랑스 정부 장학생 자격으로 프랑스로 출발했다. 1973년의 일이었다. 내 여행 가방 깊숙한 곳에는 플레이아드의 루소 전집 네 권(제5권은 아직 미간행이었다)이 자리하고 있었다. 또한 1968년에 녹음된 칼 뵘 지휘의 〈피가로의 결혼〉 전곡 카세트테이프와 그 녹음에서 수잔나 역을 맡아 노래한 에디트 마티스의 경이로운 컬러 사진 한 장도 함께 들어 있었다.

II. 몽펠리에 MONTPELLIER

1.

프랑스 외무부의 장학 담당 부서에 제출한 지원서에는 내가 가고 싶은 대학과 도시를 선택하여 표시할 수 있었다. 나는 몽펠리에를 골랐는데 그 이유는 저명한 18세기 전공자인 자크 프루스트 교수가 거기 있었기 때문이었다. 그러나 일본의 학사 학위가 아직 없었기에 공식적으로는 그 명실상부한 대가의 가르침을 받을 수 없었다. 하지만 자유 청강생의 자격으로 그의 몇몇 강의들을 들을 수 있기를 희망했다. 또한 나는 프랑스어를 가르치는 교직을 염두에 두고 있다는 점을 신상정보에 덧붙였다. 몇 달 후 나는 폴 발레리 대학 안에 창설된, 외국어로서의 프랑스어를 가르치는 교사 양성 교육기관에 할당되었다. 교사가 될 내 앞날의 가능성은 분명 특권적인 코스를 밟게 되었다. 다행스럽게도 이것은 또한 자크 프루스트의 호의적인 보호 아래 있고 싶다는 나의 바람을 실현하는 일이 되었다. 결과적으로 나는 아주 먼 지역에 위치한 듯이 보였던 지중해의 그 도시로 가게 된 것이 기뻤다. 가장 훌륭한 인도자 중의 한 사람과 계몽기의 세계를 탐색하고 동시에 나의 장래 직업을 준비할 수 있다니! 더구나 프랑스 정부는 내가 외국어로서의 프랑스어 교육과정을 선택하고 수용했다는 사실로 장학금을 50퍼센트나 인상해 주었으니, 나의 기대에 그보다 더 적합한 환대의 구조는 생각할 수 없었다. 나는 매달 750프랑을 받게 될 예정이었고, 그것은 오직 석사학위자들에게만 부여되는 금액이었다. 나는 한 번도 가족을 떠난 적이 없었고, 외국에도 가 본 적이 없었고, 비행기를 타 본 일도 없었고, 도쿄를 오랫동안 벗어난 적도 없었다. 몽펠리에로 가는 일, 그것은 나에게 진정한 **유배**를 의미했으나 내가 원했고 필요로 했던 유배였다.

부모님은 나의 성공에 기뻐했다. 출발하기 며칠 전, 나는 아버지와 함께 관공서와 금융 기관이 모여 있는 오테마치 구역의 도쿄 은행을 찾아갔다. 아버지는 거의 15만 엔에 해당하는, 내 눈에는 어마어마해 보이는 금액을 2,000프랑의 여행자 수표로 바꾸었다. 아버지는 나에게 수표를 건네면서 말씀하셨다. "장학금이 충분치 않을 경우에 써라…" 아버지는 걱정하는 말을 한마디도 내비치지 않았다. 그러나 아버지의 얼굴에는 가벼운 경련이 일었고 목소리에는 미세한 떨림이 배어 있었다. 그는 자신이 정확하게 가늠할 수 없는 불확실한 너른 바다에 아들을 내놓아야 하는 일에서 스스로를 다독이며 자제하고 있었다.

출발 전날 밤, 나는 갑작스레 찾아온 심한 발열에 시달렸다. 모든 것이 준비되어 있었다. 완전 신상의 여행 가방, 새로 발급된 여권, 접종 증명서, 프랑스 외무성이 제공한 비행기표, 라디오 겸용의 오디오 카세트, 올림푸스 카메라 등등. 나는 하루 종일 침대에 누워 보내야 했다. 누워 있는 일 외에는 아무것도 할 수 없었다. 강력한 성분의 아스피린을 삼키고 잠에 빠졌다. 잠에서 깬 나는 〈피가로의 결혼〉을 들어야겠다는 엉뚱한 생각을 했다. 처음에는 프랑스에 가져가기로 했던 칼뵘 버전으로 들었고, 두 번째는 몇 달 전에 NHK가 방송했던 헤르베르트 본 카라얀의 1972년 잘츠부르크 페스티벌의 연주 실황을 나의 소니 카세트에 녹음된 것으로 들었다. 카라얀 버전은 당시에는 아직 시판되지 않았기에 장 피에르 폰넬이 연출한 경이롭고 놀라운 무대의 생동감을 오직 내 침구 곁의 녹음기를 통해서만 상상할 수 있었다. 4막에서 새로운 공동체의 탄생을 축하하는 마지막 노래가 모두의 기쁨을 표현하며 밤의 정원에 웅장하게 울려 퍼질 때, 내 몸의 열도 떨어졌다! 나는 인류애라는 기적의 독보적인 힘에 떠밀려 전진하는 느낌이 들었다.

그렇게 해서 1973년 10월, 나는 에어 프랑스 항공편으로 프랑스를 향해 떠났다. 여전히 미열이 느껴지긴 했지만, 미지의 수평선을 향해 가는 비행기의 긴장이 육체의 일시적인 허약함을 눌렀다. 비행기에 올라타면서 나는 더 이상 완전히 일본에 있지 않게 되었다. 나는 두 눈과 귀를 크게 열었다. 프랑스 승무원의 존재는 내가 이미 낯선 세상에 있다는 느낌을 강화해 주는 데 일조했다. 무엇보다도 나는 승객들의 행렬을 돌보던 승무원의 미모에 감탄했다. 키가 크고 날씬한 삼십 대의 여승무원은 틀어 올려 묶은 금발 위에 작은 감색 모자를 쓰고 있었다. 내 나라, 나의 언어, 나 자신 그리고 나의 실존을 처음으로 벗어났으며 이제 프랑스어를 사용할 수 있는 가능성이 주어졌다는 사실은 나를 주도적이고 과감하게 만들었다. 승무원이 서비스를 제공하기 위해 내 앞을 지나갈 때마다 최소한의 실용적인 말로 제한된 의사소통을 넘어 보려고 기회를 포착했다. 끔찍하게 지속되는 비행기 엔진의 소음 속에서 의미를 띤 익숙한 소리를 감지해 내고 기뻐했다. 비행기가 기항지인 앵커리지에 멈춰 섰을 때, 공항 대기실로 가기 전에 나는 승무원에게 말을 건넸다.

"좀 이따 다시 만나요."

그러자 그녀가 대답했다.

"나를 **찾지** 마세요. 승무원들이 교대되거든요. 나는 여기서 내려요."

'찾다'라는 동사가 가볍게 강조되고 있었다.

"아, 그래요? 당신을 다시 못 보나요?"

"네, 못 봐요…"

"유감이네요!"

"안녕히 가세요! 그리고 프랑스에서 잘 지내세요!" 그녀가 환한 미소를 지으며 말했다.

그녀를 뒤로하며 나는 살짝 마음이 아팠다. 몇 분 되지 않은 짧은 순간이었지만 그것은 내가 프랑스어로 체감한 최초의 **고통들** 중의 하나였다. 나는 그 흔적을 오랫동안 간직했다… 몇 년 뒤, 보들레르의 시 〈지나가는 여인에게〉에서 그 기억을 다시 마주했을 때, 나는 보잉 747기의 그 찰나적이고 다시 오지 않은 만남을 떠올리지 않을 수 없었다.

섬광… 그다음에 밤!

달아나는 아름다움

그 시선이 불현듯 나를 다시 태어나게 했던,

나는 영원성 속에서만 너를 볼 수 있는 건가?

비행기를 갈아타고 앵커리지에서 파리로 가던 후반부의 여정에 대해서는 아무 기억이 없다. 안개 낀 선선한 가을의 꽤 이른 아침에 파리에 도착한 나는 버스를 타고 파리 5구의 장 칼뱅 광장에 위치한 학생 지원센터(CNOUS)로 이동했다. 그곳은 몇 년 뒤에 내가 다시 찾아가게 될 에콜노르말이 위치한 울름가와 아주 가까웠다. 학생 지원 센터의 외국 학생 담당 부서에서는 임시 카드와 식권을 발급해 주었고, 그것으로 대학 기숙사촌의 식당에서 점심을 먹을 수 있었다. 또한 몽펠리에로 갈 수 있는 기차표도 주었다. 리옹역에서 밤 열 시에 출발하는 야간열차였다. 그러니까 나에게는 하루 종일을 보낼 수 있는 시간적 여유가 있었다. 식당으로 가기 전에 화장실을 들렀다. 나는 변기들의 높이에 깜짝 놀랐다. 화장실에서 나오는데 금빛 장발의 청년이 대뜸 내게 물었다.

"시계 있어요?"

나는 이 표현 방식에 익숙해 있지 않았다. 프랑스어 수업에서 '시간을 묻기 위해서'는 '지금 몇 시예요Quelle heure est-il?'라고 말한다는 것만 배웠기 때문이다. 그러나 나는 그게 무슨 질문인지 즉시 파악했다. 우선 그 청년은 내가 실제로 시간을 알려 줄 수 있는 상태라는 사실을 확신하고 있어야 했다. 그러니까 그런 발언이 나온 것이다. 나는 알아채지 못할 정도로 잠깐 머뭇거린 후에 대답했다.

"네, 12시 15분이요."

이 짧은 대화에서 내가 주목했던 것은 제기된 질문의 형식이 아니었다. 그보다는 그가 나에게 시간을 물었다는 사실 자체였다. 겉보기에 파리의 대학생이 분명한 장발의 청년이 지금 막 파리에 도착한 나에게 질문을 하다니! "이 나라에서 나는 외국인이 아닌가?"라는 의문이 떠올랐다. 나는 이 나라의 영토 경계선 **외부**의 사람 아닌가? 어째서 그는 하고많은 사람들 중에서 나를 선택했을까? 적어도 그는 나에게서 낯선 모습, 즉 나의 **이방인성** 혹은 **외국인성**을 보지 않았다. 어쨌거나 내 신체의 낯선 모습은 실제적인, 즉 분리주의적인 낯섦을 만들어 내지 않았다. 그는 그 점에 대해서는 조금도 주의를 기울이지 않는 기색이었다. 완전한 무관심이거나 아무튼 과도한 관심의 대상은 아니라는 그 감정, 결국은 이국적인 것에 대한 (무의식적인) 거부 안에서 합류하게 되는 이 두 가지 태도로 인해 주인들과 분리되지 않는 그 감정, 결국은 차이라는 심연에 의해 당신을 분리하려는 사람들과 마주하게 하지 않고, 당신을 환대하는 사람들 곁에 자리하게 하는 그 감정, 내가 그런 감정을 이성적으로 추론하여 납득할 만한 설명을 스스로 만들어 내기까지는 오랜 시간이 걸렸다.

나는 몽펠리에로 향하는 기차를 탔다. 나는 잠을 이룰 수 없었다. 내 안의 무엇인가가 수면으로 빠져들지 않으려고 싸우고 있었다. 여덟 혹은 아홉 시간을 깜빡 졸거나 각성된 꿈을 꾸며 보내다가 아침 일곱 시가 되어 랑그도크 지방의 수도에 도착했다. 하늘은 청명했다. 온화하게 퍼져 가는 아침 햇살의 열기가 느껴졌다. 나는 외국인 학생 사무소가 열리기를 기다리며 코미디 광장의 카페에 자리를 잡았다. 거기에서 생애 최초의 크루아상을 맛보았다.

나는 등록을 마치고 대학 기숙사인 **라콜롱비에르**를 찾아갔다. 내 방은 일 층 314호였다. 짐을 내려놓고 침대에 누워 보았다. 시트로 감싼 매트리스와 이불 사이로 들어가서 자야 한다는 사실을 아직 모르던 때였다. 나는 그대로 뻗어 몇 시간을 내리 자 버렸다.

다음 날 아침 수강 신청을 위해 서둘러 대학으로 찾아갔다. 약속은 그다음 날로 잡혔다. 우선은 새로 도착한 연수생들 모두에게 부과된 평가 테스트를 치러야 했다.

시간이 거의 11시가 되었다. 뭔가 먹어야 했다. 출발의 부담에서 다소나마 짐을 내려놓은 나는 마침내 숨을 내쉬었다. 배가 고팠다. 어제 아침에 먹은 두 개의 크루아상을 제외하면 지금까지 아무것도 먹은 게 없었다. 나는 천천히 대학 기숙사 쪽으로 걸어갔다. 높은 건물들에 둘러싸인 커다란 광장에 도착했을 때, 길을 멈추고 대학생으로 보이는 젊은 여자에게 말을 걸었다.

"실례지만, 여기서 제일 가까운 학생 식당을 알려주시겠어요? 제가 몽펠리에에 방금 도착해서 길을 잘 모르겠네요."

나는 아주 잘 구성된 위의 구문을 그녀에게 **건넨** 사실에 뿌듯해했다.

"저기 바로 맞은편에 있어요. 저게 트리오레 식당이에요. 하지만 11시 반에나 문을 열어요."

"정말 고맙습니다, **무슈**."

'무슈'라는 단어가 발음되자마자 나는 완전 홍당무가 되었다. 얼굴이 화끈거렸다.

"어어… 미안해요, 그렇게 말하려던 게 아닌데…"

"괜찮아요… 안녕히 가세요, 점심 맛있게 드세요!"

수치심과 부끄러움의 심연에 빠진 나는 어째서 '무

슈'라는 그 망할 단어가 내 의지를 뚫고 입에서 튀어나왔는지 설명하고 싶었다… 하지만 불가능했다… 그녀는 벌써 저 멀리, 십 미터, 이십 미터, 삼십 미터 사십 미터 오십 미터로 점점 멀어져 갔고… 마침내 두 집 사이의 모퉁이 길로 사라져 버렸다. 나의 서투름은 프랑스어를 배우는 과정에서 인위적으로 형성된 자율 운동의 참담한 결과 중 하나였다. 나는 두께도 일관성도 없는, 소설 속의 초라한 인물이 되어 버린 느낌이었다. 단어와 문장을 마치 그것들이 무한히 다양한 맥락들로부터 분리될 수 있고 떼어낼 수 있는 조각들인 양 기계적으로 반복했던 탓이었다. 그 장면을 떠올릴 때마다, 특히 그 젊은 여자가 떠나면서 선물처럼 건네주었던 미소를 생각할 때마다 요즘도 수치와 후회 그리고 나 자신에 대한 은밀한 분노가 한가득 차오른다. 그 여자가 나를 어떻게 생각했을까? 그 한심한 단어 한 마디로 그녀 안에 새겨졌을 나에 대한 이미지는 어땠을까? 그 여자는 어디로 갔던 걸까? 그녀는 어떻게 되었을까? 그 이래로 나는 대답 없는 그런 무수한 질문들을 하염없이 던져 보곤 했다.

나는 그 여자를 다시 보지 못했다. 내가 맨 처음으로 말을 걸어 보았던 프랑스 여자였건만 몽펠리에에서

2년하고 몇 달을 지내는 동안 단 한 번도 마주친 적이 없었다.

그녀와 말을 나누었던 시간은 비행기 승무원과 나누었던 시간보다 더 짧았다.

어찌할 수 없는 상실감에 연결된 자그마한 고통 그리고 자기혐오로부터 발산된 크나큰 수치심, 프랑스 땅에 내디딘 나의 첫발, 프랑스어의 공간에 정착한 나의 첫 순간은 내 영혼의 살 속에 두 개의 **깊은 상처**들로 남아 영원한 흔적을 남겼다.

2.

프랑스어로 이루어진 나의 삶은 이런 종류의 실수들이 산재하고 있었고 그것은 내 마음속 깊은 곳에 치유될 수 없는 상처들로 남아 있다. 여기 또 다른 실수담이 있다. 아마 내가 몽펠리에에 정착한 지 4~5개월이 지난 후의 일이다. 나는 매일 점심과 저녁 시간에 대학 식당 주변에서 규칙적으로 만나는 사람들과 친구가 되었다. 그중에 내 맘에 들었던 영어 교사인 여학생 S가 있었다. 그녀는 특별히 예쁘지는 않았지만 외국 학생들에게 상냥했는데 런던 유학 시절에 영국인들의 냉정함으로 힘들었기 때문이라고 말하곤 했다. 그녀는 화장을 잘했고 평상시에 옷도 잘 입었으며 원피스를 자주 입었는데, 내 눈에는 그 점이 그녀를 조금 두드러지게 하는 것 같았다. 그 당시는 이미 청바지가 대세였던 시기였기에 그랬다. 하지만 그녀의 환심을 사려는 마음은 절대 없었던 것이 그녀에게는 마다가스카르 출신의 **애인**(이런 식으로 말하는 게 좀 구닥다리라는 걸 안다…)이 있었기 때문이다. 그 둘이 늘 함께 있는 건 아니었다. 그녀는 그 남자와 자주 다투긴 했으나 그럼에도 여전히 친구였다. 어느 날 나는 두세 명의 친구와 영화관에 가기로 했다. S도 우리와 함께하기로 했는데 혼자였다. 또 싸웠나? 틀림없다.

"지긋지긋해. 나도 데려가 줘, 아키라. 너랑 같이 가도 되지? 아니 너희들과 함께."

"물론이지, 그런데 너 정말로 오고 싶어? 확실해?"

우리는 코미디 광장 근처의 극장에서 저녁 8시에 상영하는 영화를 보기로 약속했다. 지금 기억나는 건 그게 전부다. 영화관 이름이나 영화 제목, 영화의 내용은 죄다 잊어버렸고 아무것도 기억나지 않는다. 그 두 세 명의 친구들은 누구였나? 영화를 보기 전과 보고 난 후에 우리가 무얼 했나? 아무것도 생각나지 않는다. 아무것도 남아있지 않다. 그 밤의 외출과 연결된 불편함과 실패에 대한 참을 수 없는 느낌 외에는 완전히 아무 기억이 없다. 영화관의 홀, 안락의자들이 있던 아무튼 꽤 넓은 홀이 생각난다. 나는 S가 정말 올까 궁금해하며 그 안락의자에 앉아 있었다… 내가 익히 알던 그녀는 어쩌면 벌써 남자친구와 화해를 했는지도 모른다… 나의 시선은 유리로 된 출입문을 향한다. 마침내 S가 뛰어서 도착한다…

"미안, 늦었지."

"아냐, 아냐, 괜찮아. 아직 시간 있어. 자, 앉아서 좀 쉬어. 숨 좀 가라앉히고."

"…"

"네가 바지 입은 건 드문 일인데! 게다가 아주 예쁘네. 특히 색깔이 기가 막히다!"

그랬다, 그날 저녁 그녀는 딱 떨어지는 매우 세련된 감색 바지를 입고 있었다. 앞서 말했듯이 S는 언제나 원피스 차림이었기 때문에 나는 그 같은 복장에 놀랐던 것이다. 내가 프랑스에서 배웠던 한 가지는, 상대방의 의복에 대해 칭찬하는 일이 허용될 수 있다는 것이다. 예를 들어 나는 젊은 여자가 남자에게 "새로 산 그 벨벳 정장 입으니 아주 멋진데!"라고 하거나 반대로 남자가 여자에게 "네 원피스 아주 예쁘다!"라고 말하는 장면을 목격했었다. 나는 과감해졌다. 나는 사람들이 자신이 완전히 숙달하지 못한 언어에서 더 쉽게 과감해진다는 점을 이미 주목했다. 그것은 정복해야 하는 언어의 신선함과 그 언어를 통해 차츰 형태를 띠어 가는 삶에서 사회성을 익혀 가는 아이의 기쁨 같은 것이다. 한 언어에서 다른 언어로 이행하면서 몇몇 금기들이 떨어져 나가고 자유의 공간이 갑작스레 열린다.

"난 이 색이 좋더라, 감색, 이거 우리나라에서는 가장 고귀한 색깔 중 하나야. 이걸 일본말로 뭐라고 하는지 알아?"

궁금해하는 침묵.

"'꽁kon'이야."

이미 늦었다. '꽁'이라는 불행한 단어는 이미 나를 벗어났다. 몽펠리에에 산 지 3개월이 되었을 때 걸핏하면 들려오던 '꽁con'이라는 단어의 일차적 의미와 비유적 의미*를 나는 알고 있었다. 내가 왜 그 말을 했나? 왜 그 생각을 하지 못했나?

"미안해, S, 일부러 그렇게 말한 게 아니야. 불쾌하게 하려는 의도가 아니었어. 외려 정반대야. 이렇게 아름다운 색깔을 지칭하는 일본어의 발음이 프랑스어에서는 그렇게 몹쓸 것을 생각나게 하다니 불행하다… 미안해 정말로…"

S는 억지 미소를 지어 보였다. 우리는 그날 저녁 아무 일도 없었다는 듯이 보냈다… 아무튼 나는 아무것도 기억나지 않는다. 그 참담한 실수 이후 나는 그녀를 몇 번인가 다시 보았다. 매번 그녀는 다정하게 인사를 했다. 그리고 다른 만남들과 파티들이 있었다. 우리의 접촉은 드물어졌다. 그리고 마침내 그녀는 내 시야에서 사라졌다. 친구의 우아한 복장을 칭찬하기 위해 나를 부추겼던 그 모든 메커니즘은 정신 분석 애호가들에게 남겨 둔다. 그녀는 매력적이었지만 난 사랑에 빠지지는 않았다. 사려가 깊지도, 반짝반짝 빛나지도 않았던 그녀에게는 말하자면 **수잔나** 같은 개성이 부족했다. 내 모국어의 소리 세계에서 그녀 바지의 감색을 완

* 일차적 의미로 여성의 음부를 지칭하며, 바보 혹은 머저리를 뜻하는 비유적 의미로 통용된다.

벽하게 표현하는 그 '꽁'이라는 음절을 감히 그녀에게 제시했을 때, 도대체 나한테 무슨 일이 일어나고 있었던 걸까?

3.

또 다른 상처의 기억. 이번에는 나 혼자 상처를 입었다. 내 어리석음의 희생자는 아무도 없었다.

몽펠리에에서 보낸 두 번째 여름에 나는 일본의 대학에 제출해야 하는 루소에 관한 소논문을 작성하고 있었다. 나는 그 사상가의 주요 서적들을 읽었다. 또한 루소에 대한 주요 비평서들도 읽고 인용문들을 수집하여 역동적 논증을 보여 주기 위해 일정한 순서로 집어넣을 생각이었다. 아직은 디지털이 지배하던 시기도 아니었고 개인 컴퓨터도 없었다. 내 수중에는 타자기도 없었다. 나는 종이에 연필로 모든 것을 적었다. 사실 나는 루소의 훌륭한 문장들을 베껴 쓰는 일을 좋아했고 문학에 관한 글과 문학에 대해 말할 줄 알았던 몇몇 비평 글을 옮겨 적는 일도 좋아했다. 그것은 돈이 들지 않는 훈련이었다. 오히려 그 일에서 즐거움, 즉 동행과 동일시의 즐거움을 길어 올렸다. 어떤 작가의 글을 다시 베껴 쓰는 일은 담론의 형성과정을 함께 하는 일이었고, 사유의 여정을 따라가는 일로 느껴졌다. 그것은 사랑의 제스처였다. 나는 애정을 담아 행과 문장과 단락들을 필사했다. 그리고 정성을 다해 정확하게 옮겨 적었다. 요컨대 나는 필사가로 변신했다. 내 머릿속에는 루소의 자필 원고에 대한 이미지가 있었다. 루소는 경력을 쌓아 가던 어느 순간에, 문학을 순수한 돈벌이 대상으로 삼지 않으려고 음악의 필사가가 되기로 결심했던 것이다. 그렇게 내가 베껴 적은 인용문들은 나를 꽤 만족시켰던 아름다운 서체를 갖추고 있었다.

내가 열심히 했던 그 작업은 논문 작성을 위해 망가지지 않은 채 남아 있었다. 나는 마치 줄을 잘 맞추어 깨끗하게 써내는 일이 내 진술과 사유의 정합성을 보장해 준다는 듯(끔찍하고 어리석은 환상!) 나 자신의 문장들과 페이지들을 정성 들여 써냈다. 백지들을 수없이 사용했고 특히 연필과 지우개를 많이 소모했다.

가을 문턱에 나는 백여 쪽의 글을 써냈고 그것에 대해 꽤 만족스러워했다. 이제 그 작업을 프랑스인이 읽고 교정해 주기를 바랐다. 당시 나는 중세문학 교수 한 분을 알고 있었는데 그는 자신의 지위와 꽤 많은 나이 차이에도 불구하고 나와 친구처럼 지냈다. 그가 내 글을 읽어 주겠다고 했다. 나의 원고는 여기저기 빨간색 표시를 한 채 되돌아왔다. 그것은 작은 충격이었고, 기쁨과 고통 속에 탄생시킨 백 쪽의 글 속에 여전히 빠져 있던 나의 만족감에 상처를 냈다. 하지만 외국인이 쓴 첫 번째 글에 오류와 서투름이 포함되어 있다는 것은 너무도 당연한 일이었다. 나를 우울하게 했던 것은 사실 내가 완수해야 할 전진을 깨우쳐 주었던 교정이 아니었다. 논문 첫 줄에 'introduction'이라고 써야 할 것을 'intoroduction'이라고 썼던 사실로 나는 우울해졌다. 스스로에 대한 짜증과 분노를 유발했던 그 철자 O는 과도함(trOp)을 표시한 듯했고, 어쩔 수 없이 빵점(zerO)을 떠오르게 했다. 그 O 때문에 내가 쌓아 올린 모든 것이 물속에 빠져 버린 듯했고 이어지는 모든 글들을 무효로 만드는 것만 같았다. 게다가 [toro]가 되어버린 그 철자의 실수는 두 음절이 만들어 내는 추함으로 인해 더더욱 견딜 수 없었다. 그것은 토로*taureau* 즉 황소를 연상시킨 것이 아니라 **바보, 멍청이, 머저리**를 뜻하는 일본어 형용사 [toro-i]를 연상시켰기 때문이었다. 단순한 글자 〈O〉가 연계되어 나타난 두 음절이 잠재의식 속의 나 자신의 모습을 재현하고 있는 듯하여 스스로를 증오했다! 논문 초반부터 바보 같은 모습을 펼쳐 보였던 것이다. 그것을 내 친구인 교수에게 노골적으로 드러내었다니… 그것은 참담하고 절망스러운 일이었다.

그 망할 불행한 글자 〈O〉는 어째서 나의 조심성을 완벽하게 벗어나 튀어나왔을까? 나는 그것이 영어에서 기원한 일본어 〈인토로다구숀〉의 음성 이미지가 나를 그런 실수로 인도했던 거라고 주장할 수 있다. 그러니까 내가 연필로 조심스럽게 프랑스어를 베껴 쓰는 순간, 스스로를 망각한 그 집중의 상태에서도 내가 듣고 있었던 것은 일본어라는 것인가? 그렇다, 불행하게도 그러했다. 그 바라 마지않던 대망의 내 논문에 12자로 된 단어를 한 글자씩 깨끗하게 들여앉히기 위해 얼마나 여러 번 지웠던가? 그 프랑스어 단어의 기표 기호를 사랑스러운 서체법의 제스처를 통해 내 것으로 삼고자 하던 내 욕망의 저 깊은 바닥에서, 나는 쉽게 물러서지 않던 내 기원 언어의 음성에 배반당했던 것이다. 〈O〉라는 타원형의 글자는 그 고집스러움을 입증하고 있었다. 그것은 프랑스어의 세계에 홀로 존재하고 있는 한 일본인의 고집스러우나 분명한 표지였다. 나의 연필이 나를 내 최초의 언어로 다시 데려갔던 것이다. 매우 일본적인 그 도구는 – 일본의 모든 초등학생들은 연필로 글쓰기를 배우며 볼펜은 금지되어 절대 사용하지 않기에 – 나의 **이방인성**에 대한 의식을 일깨워 주었다.

4.

연필은 또 다른 맥락에서 나의 **이방인성**을 다시 한번 드러내 주었다. 그 일은 몽펠리에 대학의 계단식 대형 강의실에서 벌어졌다. 나는 아침 여덟 시 반, 아주 이른 시간에 시작하는 시험을 치러야 했다. 아직 어둑한 시간에 여전히 잠에 빠져 있던 기숙사 건물을 나섰다. 별이 총총한 하늘을 이고 대학으로 걸어가는 일은 낯설었다. 나는 대형 강의실 중간, 통로 바로 옆의 끝자리에 앉았다. 그것은 내가 처음으로 치르는 중요한 시험으로 세 시간 동안 진행되었다. 언어학 혹은 구조주의 문법에 관한 시험이었다. 영화학 연구자이고 교수법 과정 센터의 주임이었던 드라 브르테크 교수가 시험 감독으로 들어왔다. 몽펠리에에 도착하여 평가 테스트를 치른 다음 날 나는 그 교수와 학습 계획을 주제로 면담을 했었다. 이 면담에 대한 이야기는 좀 후에 다시 하겠다. 계단식 대형 강의실에는 침묵이 감돌았다. 들리는 거라곤 볼펜 소리와 종이를 넘기고 또 넘기는 소리뿐이었다. 나를 사로잡았던 불안감이 떨어져 나갔다. 그럭저럭 시험 주제를 풀어 나갔다. 내가 읽었던 조르주 무냉의 『번역의 이론적 문제들』에 참고하여 문장들을 구성해 나갔다. 드라 브르테크 교수는 대부분의 시간을 강의실 맨 아래에 위치한 의자에 앉아 보냈다. 학생들 자리로 오려면 옆쪽에 있는 계단을 몇 개 올라야 했다. 교수는 이따금 자리에서 일어났고 굳은 몸을 풀려는 듯 천천히 돌아다니기도 했다. 어느 순간 그가 내 쪽으로 향하는 통로로 들어서는 게 보였다. 그는 가만가만 올라왔다. 그의 발걸음은 우리의 집중도를 조금도 방해하지 않을 정도로 조심스러웠다. 나는 무냉에 관한 글을 계속 써 나가기 위해 다시 집중했다. 생각을 이어 갔고 연필로 글을 적어 나갔고 그걸 지우고 다른 글을 쓰기도 했다. 발걸음이 아주 살그머니 다가오고 있었다. 갑자기 브르테크 교수가 가벼운 웃음을 섞어 내 귀에 속삭이는 분명한 목소리가 들렸다.

"시험 시간이 길다 보니 치즈를 조금 먹으면서 에너지를 보충하는 것도 옳은 일이죠."

나는 고개를 들었다. 내 앞에 놓인 **웃는 소**가 그려진 동그란 치즈 상자를 바라보며 미소 짓는 환한 얼굴이 보였다. 나는 잠시 멈칫하다가 재빠르게 치즈 상자를 열어 보였다. 감독 교수는 삼각형으로 된 여섯 조각의 치즈가 아니라 뭉툭해진 연필심을 깎을 때마다 생긴 연필밥을 보게 되었다. 브르테크 교수는 "아!" 하는 탄성을 조그맣게 내지르며 놀라움과 난처함이 뒤섞인 얼굴이 되었다. 그러고는 나지막하게 덧붙였다.

"모두들 학생 같기만 하다면…"

강의실의 깊은 침묵이 그를 가로막지만 않았더라면 '학교가 좀 더 깨끗해지겠군요'라는 말을 덧붙였을지도 모른다… 무엇보다 '우리는 좀 더 깨끗하고 잘 쓰인 답안지를 받아볼 수 있을 겁니다!'라고 내가 이해해서는 안 되었다… 내 주변을 보니 당연하다는 듯이 모두 만년필이나 볼펜으로 답안지를 작성하고 있었다. 연필이나 고무지우개를 가진 사람은 하나도 없었다. 나중에서야 나는 학교에서 연필 사용이 금지되어 있다는 걸 알았다(그랬다. 영화 〈400번의 구타〉에도 장 피에르 레오와 학급 친구들은 펜촉이 달린 펜으로 글을 쓰고 있고, 책상 위에는 잉크병이 놓여 있었다). 나에게 호의를 베풀었던 건가? 외국에서 온 학생의 낯선 방식을 눈감아 주었나? 아마도 그런 것 같다. 나는 프랑스인들이 우선 연습장 같은 곳에 대강 초고를 잡은 다음 그것을 깨끗하게 정서한다는 것을 몰랐다. 게다가 초고를 쓸 시간적 여유가 있었겠는가? 글 쓰는 것도 느리고 프랑스어로 생각을 만들어 내는 데 어려움이 있는 나로서는 그렇게 하려면 두세 배는 더 시간이 걸리는데? 그러니까 다른 사람들처럼 빅BIC 볼펜을 사용한다는 건 말도 안 된다. 그랬다가는 답안지가 온통 줄이 그어지고 덧씌워져서 읽을 수 없는 상태가 되어 버릴 거다. 더러운 답안지는 내가 참을 수 없었다. 그것은 교수에 대한 결례라고 생각했다. 무엇보다 그것은 내가 쓰고 있던 언어에 대한 사랑의 결핍이었다.

5.

몽펠리에에 도착한 초반으로 돌아가자. "정말 고맙습니다, 무슈."라는 망발을 했던 그다음 날 나는 예정대로 평가 시험을 치렀다. 문법, 음성, 작문 그리고 텍스트 이해에 대한 것이었다. 텍스트 이해 시험은 교수자와 면담 형식으로 진행되었다. 나는 폴 발레리의 「현 세계에 관한 시선들」에서 발췌한 글을 읽어야 했다.

프랑스라는 나라보다 더 개방적이면서 더 불가사의한 나라도 없다. 그처럼 관찰하기 쉽고 단박에 알 것처럼 생각되는 나라도 없다. 뒤이어 알아채는 것은 그 움직임을 예상하는 데 있어서 그처럼 어려운 나라가 없으며 예기치 않은 회복과 돌변이 그처럼 가능한 나라도 없다는 사실이다. 그 역사는 극단적 상황판을 보여주며, 다른 어떤 역사에서도 볼 수 없는 무수한 절정과 심연이 잇따라 일어나고 있다. 그토록 많은 격동에 비추어 볼 때, 깊이 성찰해 보면 좀 전에 제시한 관찰이 꽤 잘 표현된 어떤 생각을 드러나게 한다. 즉 이 나라는 그 자연과 구조로 인해 공간과 역사의 조합 안에서 일종의 균형상을 실현하는 데 바쳐진 듯하다. 그 균형상은 이상한 안정감을 부여받아 그 주변에서 사건들, 삶 전체와 분리 불가능한 불가피한 진공 상태들, 내적 폭발들, 외부의 정치적 지진들, 밖에서 온 격동들이 오랜 세기 전부터 그 나라를 세기마다 여러 차례 뒤흔들고 있다. 프랑스는 일어서고 휘청하고 넘어지고 다시 일어서고 위축되고 다시 위대해지고 분열되고 힘을 모은다. 자신감, 체념, 무관심, 열정을 차례차례 보여 주면서 그리고 여러 나라들 사이에서 이상하게도 개인적 특성을 두드러지게 나타내면서 말이다.

첫 줄을 읽기 시작하면서 나는 굉장한 놀라움을 느

꼈다. 이 텍스트는 도쿄 대학 2학년 때 일본인 교수님과 함께 열심히 공부했던 글이다. 나는 그 글이 무척 어렵다고 생각했었다. 한 시간에 스무 줄 정도밖에 진도를 나가지 못했다. 일부 학생들은 텍스트 선정에 대해 불만을 터뜨렸고, 다른 학생들은 어쨌거나 시험은 치러야 할 거라고 말하면서 무시했다. 나로 말하자면, 나는 항복하지 않았다. 반대로 나는 하나하나씩, 모든 문법적 어려움을 차츰차츰 풀어 가면서 그리고 어휘와 구문과 텍스트의 통합적 의미로 이끌어진 금욕적인 해명의 과정 속에서 약간은 마조히스트 같은 즐거움을 맛보았다. 게다가 나는 나의 즐거움을 더 멀리 밀어붙였다… 발레리의 텍스트를 큰 소리로 읽고 또 읽으면서(이것은 내가 라디오에서 프랑스어 소리를 들었던 시절부터 절대 버리지 않았던 습관이다) 그 음성적 풍요로움과 청각적 파동을 어렴풋하게 느꼈다. 그때 나는 그 극도의 난해함까지 좋아하기 시작하게 된 이 텍스트를 녹음해야겠다는 생각이 들었다… 나는 젊은 프랑스어 교수였던 장 뤽 도메나크를 찾아갔다. 지금은 현대 중국에 대한 전공자 중 최고의 한 사람이 된 도메나크는 당시 도쿄 국립대학의 외국어와 외국 문화 학부에서 해외 문화 협력단의 한 직책을 맡고 있었다. 나는 그에게 발레리의 글을 보여 주고 큰 소리로 그것을 녹음해 주었으면 좋겠다고, 그것을 모델로 삼아 개인적으로 활용하고 싶다고 했다. 그는 조금 놀라면서 그러한 방식의 교육적 효율성에 대해 회의적인 모습을 보였지만 나의 바람대로 해 주겠다고 했다.

나는 카세트 녹음기에 완전히 수동적인 방식으로 녹음된 장 뤽 도메나크의 음성을 아직도 기억한다. 그 녹음기는 아버지가 잠시 나에게 빌려주셨던 또 다른 녹음기였는데, 나는 그것을 어깨에 둘러메는 가방에 넣고 다니며 매일 들었다. 워크맨이나 아이팟으로부터 한참 먼 시절이었다. 지하철이나 버스에서 이어폰을 끼고 뭘 듣는 사람은 나 말고는 아무도 없었다. 나는 **프랑스어라는 음악**에 취해 있었고 거의 지속적인 방식으로 그 언어를 주입하고 있었다.

시험관은 발레리의 텍스트 첫 문단인 〈프랑스의 이미지들〉을 큰 소리로 읽어 보라고 요구했다. 나는 그렇게 했다. 나는 어떤 음표들은 강조하고 때로는 침묵을 마련하고, 어떤 부분은 빠르게 혹은 반대로 천천히 노래하며 작품을 실행해 가는 음악가처럼 텍스트를 읽었다. 나는 온갖 에너지와 열정을 담아 읽어 나갔다… 읽기가 끝났을 때 유일한 관객이던 그 시험관은 눈에 띄게 당혹한 모습으로 이렇게 말했다.

"굉장히 잘하네요! 너무나 잘 읽었어요…! 어찌 그럴 수 있죠?"

"왜냐하면 제가 이 글을 알고 있기 때문입니다… 도쿄에서 공부한 적이 있어요."

"아니, 그래도 그렇지요… 당신 정말 일본인 맞아요?"

나는 그 수동 녹음과 스스로 강요한 훈련에 얽힌 이야기를 모두 늘어놓을 열의가 없었다. 그는 나를 칭찬했다. 특히 나의 낭독에 대한 놀라움을 표시했다. 나는 그의 다정한 격려의 말에 고마워하며 자리를 떴다. 나는 흡사 리사이틀을 마친 후에 박수갈채를 받은 피아니스트가 된 기분이었다.

장 뤽 도메나크의 이름은 내 기억 속에서 또 다른 이름과 또 다른 맥락에 연결되어 있다. 도쿄에서의 마지막 강의에서 그는 샤를 페기의 『우리의 청춘 시절』의 한 구문을 선택했는데 그 작가는 내가 한 번도 들어보지 못한 이름이었다. 벌써 40년 가까이 지난 일이라 교수가 이 텍스트에 관해 무슨 말을 했는지는 별로 기억이 나지 않는다. 반면에 오늘날까지도 생생하게 남아 있는 기억은 그와 내 동료들 앞에서 큰 소리로 낭독했던 일이다. 아마도 장 뤽 도메나크 교수가 페기에 대해 할애했던 마지막 서너 차례의 수업에서였을 것이다. 교수는 그 작가에 대한 강의(그런데 그는 어떻게 그런 텍스트를 가지고 강의를 시작했을까?)의 마지막을 장식하기 위해 『우리의 청춘 시절』의 한 대목을 누군가가 읽어 줄 것을 요구했고 그 일에 나를 지목했다. 나는 그 일을 맡게 된 것이 싫지 않았다. 그 작가의 매력적인 문체에 빠져들었던 나는 집에서 그 텍스트를 암송하며 거의 관능적인 쾌락에 몰두했었기 때문이다. 싫증 내지 않고 그 글을 반복해 읽으면서 그 소리의 물성 안에서 행복감을 느꼈고 텍스트에 감각적 형태를 부여했다. 말하자면 텍스트를 가지고 거대한 음성적인 건축물을 만들어 내며 만족감을 얻었다. 그리하여 학교에서의 암송에 최선을 다해 과감하게 도전했다.

당신은 우리에게 공화국의 타락, 즉 엄밀하게 공화주의 정치에서 공화주의적 신비*의 타락에 대해 말하고 있다. 거기에 다른 타락들은 없었으며 있지도 않다. 모든 것은 신비에서 시작하여 정

* 페기의 글에서 '신비le mystique'는 '이상l'idéal'의 의미로 이해될 수 있다. 그는 프랑스 공화국의 정당정치가 내세우는 이념이나 이상을 '신비'로 규정하고 있다.

치에서 끝난다. 모든 것은 신비에서, 하나의 신비에서, 그 (고유한) 신비에서 시작하고 모든 것이 정치로 끝난다. 그 질문이 중요하지 않다는 게 아니다. 중요하고 흥미롭다. 하지만 관심은, 질문은, 어떤 정치가 다른 이러저러한 정치보다 우세하거나 그것이 모든 정치들보다 우세하다는 것을 아는 게 아니다. 관심, 질문, 본질은 각각의 차원에서, 각각의 체계에서 신비가 그로부터 태어난 정치에 의해 완전히 삼켜지지 않는다는 것.

본질적인 것은, 관심사는, 질문은, 이러저러한 정치가 승리한다는 것이 아니라 각각의 차원과 각각의 체계에서, 그 각각의 신비가 그로부터 귀결한 정치에 의해 완전히 삼켜지지 않는다는 점이다. [...]

인용문을 **상세하게** 다 적지 않았지만 나는 『우리의 청춘 시절』의 낭독을 끝냈다. 침묵, 길고 긴 침묵이 놀라움과 감동의 작은 소란 속에 이어졌다… (어쨌든 나 자신도 감동을 받았다.) 교수는 나의 낭독에 대해 친절한 칭찬의 말을 내놓았다. 내가 발휘했던 모든 에너지와 설득력, 낭독을 통해 내가 되살려 내려 했던 글의 생명력은 내가 그 텍스트와 내밀하게 공명하고 있다는 것, 글의 중요한 논지를 포착하고 있다는 것, 나의 해석적 의도가 저자의 의도에 결합된다는 것을 교수에게 납득시키는 데 이르렀다. 나는 장 뤽 도메나크 교수가 왜 이 텍스트를 선정했는지 정확한 이유를 모른다. 또한 기껏해야 2년 반의 프랑스어 수업을 받았던 학생들이 그토록 까다롭고 문화적으로 멀고 무엇보다 문체적으로 별 공통점이 없는(그것이 단지 의문부호의 의미심장한 부재에 의한 것일지언정) 그 텍스트에 얼마나 주의를 기울였는지도 모른다. 그러나 40년이 지난 지금, 신비에서 정치로의 타락이라는 관념, 근대세계에서 **의미의 상실**이라는 관념을 중심으로 연결되어 있는 페기의 텍스트에 대한 여전히 생생한 기억을 통해서 나는 그 당시 나의 교수였던 스물다섯의 젊은 프랑스 지식인의 마음속에 요동치던 생각을 상상할 수 있을 것 같다. 나보다 기껏해야 네다섯 살 위였던 그 젊은이 역시 참을 수 없고 비통한 언어의 **경박함**에 붙잡혀 살아가며, 혼란스러운 68의 귀결인 그 시절의 사회적 분위기가 각인된 언어적 인플레라는 질병으로 고통받고 있었다. 게다가 원했든 혹은 원하지 않았든 간에 우리 모두 숙명적으로 68의 최선 혹은 최악의 수혜자였다. 페기의 격렬하고 저주하는 문체는 유의어들의 축적, 과장된 반복이라는 방식을 사용한 특징들을 통해 진실한 것을 추구하는 끝없는 불굴의 과정으로 들어서는데,

내가 보기에 거기에는 정직함, 기운을 북돋아 주는 순수함 그리고 언어의 질병에 대해 내가 열망했던 구원의 힘이 실려 있었다.

말했다시피, 알랭 핑켈크로트가 페기에 대해 쓴 저서의 제목에 따르면 '반反시대적 인물mécontemporain'이었던 페기에 대해 나는 아무것도 몰랐다. 하지만 감히 말하건대, 단편적인 글 안에 드러난 그의 모습에서 나는 스스로를 알아보았다. 페기가 보낸 시절들에서 내가 보고 듣고 발견했던 것은 정지된 단정적 사유나 분명한 관념들이 아니라, 사유와 진술에 대한 노력, 고집스럽게 추구되고 지치지 않고 재개된 그 노력이다. **이탈**과 **유배**의 노력, 모든 후견의 무게로부터 벗어난 사유의 탄생을 향한 긴장된 운동, 그것은 나에게 귀중한 처방이 되었다. 페기는 이렇게 말했을 것이다. "나쁜 생각을 가지는 것보다 더 나쁜 것이 있다. 그것은 틀에 박힌 생각을 가지는 것이다." 40년 전, 도쿄라는 거대 도시에서 조금 떨어진 외딴 작은 강의실에서 낭독했던 텍스트에서 내가 이해했던 것은 바로 그 메시지였다.

평가 시험을 치른 후에 나는 각지에서 온 많은 교사들 가운데 있었다. 그들은 각자의 나라에서 꽤 오랜 기간 외국어로서의 프랑스어를 가르쳤던 경험을 가진 교사들로 특히 중등교사들이었다. 그들은 최신 교수법을 성찰하며 재교육을 받기 위해 몽펠리에에 일 년간 체류하러 온 것이다. 그 검증된 교사단 안에서 헤매던 나는 뭔가 어긋난 느낌이 들었다. 그도 그럴 것이 우선 나는 선생이 아니라 학생이었기에 그들보다는 훨씬 젊었고, 다른 한편 나는 외국어로서의 프랑스어 수업을 위한 이론적이고 실제적인 문제들에 대한 관심보다는 프랑스어 안에서 완전한 **몰입**을 경험하기 위해 이곳에 왔기 때문이었다. 시오랑이 적절하게 말했듯이, 프랑스어 안에서 **거주하는 일**은 프랑스어를 삶의 장소로 만들어 내는 일, 즉 나의 생명 공간, 나의 영원한 거주지, 나의 내밀한 풍경, 나의 본질적인 주변 환경을 만드는 일이고, 바로 거기에 협상 불가능한 최우선의 목표가 있었다. 나는 앞서 말했던 CFP* 관장인 드라 브르테크 씨를 찾아가, 특별히 교육자 훈련에 전념하게 될 두 번째 해는 차치하더라도, 몽펠리에의 첫해 동안만은 최소한 가장 밀도 있게 프랑스어를 실용하고 싶다는 생각을 밝혔다. 그는 그런 식으로 폴 발레리 대학에서 공부 계획을 세운 내 생각에 옳다고 동의해 주었고 몰입에 대한 나의 욕구에 적합해 보이는 모든 프랑스어 강

* 몽펠리에 폴 발레리 대학에 설치된 교수법 양성센터 Centre de Formation Pédagogique

의를 듣는 일을 허용해 주었다. 그렇게 해서 나는 교사 형성 과정의 교육자 프로그램의 부담에서 벗어나게 되었다. 나는 직접 선택한 매주 15시간의 강의들로 시간표를 짰고 그처럼 오랜 시간을 언어 속에 **잠수**하게 될 생각으로 기뻐했다.

그때부터 아주 자유롭게, 물론 청강생이라는 제한된 자격이었지만 그토록 열망하던 자크 프루스트의 가르침을 받을 수 있었다.

6.

2005년에 작고한 19세기 연구의 대가인 그 교수에게 인사할 기회를 얻었던 것은 CFP의 교사 중 한 사람인 M 부인의 중개를 통해서였다. 내가 몽펠리에에 머물던 초반의 일이었다. 자크 프루스트 교수를 잘 알고 있었던 M 부인은 자기 친구가 박사 학위 심사를 받는 자리에 나를 초대했고 그 기회에 교수를 소개받으면 좋겠다고 했다. 프루스트 교수는 심사 위원 중 한 사람이었는데 사실 나는 그의 폭넓은 연구 작업에 대해 아직은 잘 모르고 있었다. M 부인은 자크 프루스트 교수가 일본에 체류하다가 얼마 전 귀국했다는 사실을 알려 주었다.

그날 나는 대단한 웅변가들인 프랑스 교수들의 모습을 보았다… 물론 모든 말을 다 알아듣지는 못했고 그럴 수도 없었다. 하지만 거기에는 웅변이, 위대한 웅변이 있었고 그것은 나의 귀를 한없이 맥 빠지게 하고 피곤하게 하던 그 모든 '혁명적인' 장광설의 바닥 모를 **공허함**과 대조를 이루는 것처럼 보였다. 그것은 무언가 새로운 것으로 언어의 또 다른 차원을 드러내고 있었다. 박사 학위 심사라는 것은 학위 신청자의 말을 듣기 위한 자리가 아니라 심사위원들에게 무대에 등장할 기회를 부여하기 위해 구성되는 것만 같았다. 자크 프루스트 교수가 말할 차례가 되었을 때 나는 그의 코멘트를 한마디도 놓치지 않으려고 귀를 쫑긋 세웠다. 심사논문은 장 주네에 관한 것이었다. 나는 교수를 바라보았고 그도 가끔씩 나를 바라보았다. 우리 둘 사이에 신비한 공모가 자리하는 느낌이었다. 디드로와 백과전서파의 전공자가 왜 장 주네에 관한 논문을 검토하는 심사자가 되었을까? 내가 순진하게 던진 이 질문에 M 부인은 학위지원자 스스로 자크 프루스트 교수가 심사위원 중 하나가 되기를 원했고 지원자에게는 그 교수가 굉장히 중요한 사람이라고, 말하자면 그의 **정신적인 아버지** 같은 사람이었다고 설명해 주었다. ('정신적인 아버지'라는 이 표현은 그때 내 마음속에 아버지와 아들 사이에 일어나는 모든 것에 대한 충성스럽고 애정 어린 울림으로 각인되었다. 나도 언젠가 **정신적인 아버지**를 가질 수 있을까 자문했다.)

논문심사가 끝난 후에 M 부인은 마침내 교수에게 나를 소개했다.

"자크, 당신에게 미즈바야시를 소개할게요. CFP 연수생인데 루소에 관심이 있어요. 도쿄에서 왔고요."

"그런 줄 알았어요…"

아직 생생한 일본의 기억에 고무된 자크 프루스트의 시선은 자연스럽게 나에게 꽂혔다. 틀림없이 그는 일본인인 나의 신체적 그리고 신체 외적인 모든 특징들을 보았을 것이다. 그래서 '그런 줄 알았다'고 말했던 것이고, 바로 그 순간 그것은 일련의 내 프랑스식 표현들 안에 들어왔다.

"안녕하세요, 선생님, 저는 2년 예정으로 이곳에 왔습니다. CFP의 교수법 양성 수업을 받기 위해서 파견되었어요. 하지만 몽펠리에에 머무는 동안 도쿄의 대학에 제출할 루소에 관한 논문을 작성할 생각입니다. 도교에서 저는 아직 대학 4학년생일 따름이거든요. 당신이 지도하는 박사 과정의 일본인 제자들의 수준에는 한참 못 미치는…"

그 몽펠리에의 스승은 대단한 영향력을 가진 사람이었다. 미소는 거의 짓지 않았다. 차분하고 신중하며 조금 냉정해 보이는 인상이었고 어쨌든 관계를 맺고자 애쓰는 사람은 아니었다. 요컨대 그는 위압적인 느낌이었다. 1미터 85센티의 높이에서(나는 그를 올려다봐야 했다) 자신이 알고 있던 혹은 자기 지도 아래 있었던 일본인들의 이름을 몇 명 말하면서 혹시 내가 그들을 아는지 물었다. 내가 아는 사람은 한 명도 없었다. 그 사람들은 나와 십여 년의 나이 차이가 나는 사람들이었다. 그러자 그는 일본에서 자신이 옮겨 다녔던 곳들을 간략하게 환기했다. 그 이야기를 하던 어조에서 나는 일본에 대한 그의 지대한 관심이 이국 취향에 머물러 있지 않다는 것을 느꼈다. 나는 그의 강의를 최소한 하나만이라도 참여해 보고 싶다는 생각을 밝혔다. 그는 내 생각에 동의했다. 그렇지만 내 일정표가 아주 많은 여유를 허용하지는 않았다. CFP에서 반드시 들어야 하는 강의들 사이에서 시간을 내어 단 하나의 학부 수업만 들을 수 있었다. 그리하여 나는 자크 프루스트 교수가 학부생을 대상으로 하던 〈문학 텍스트 깊이 읽기〉 수업을 듣기로 결심했다.

그것은 교수 자신의 표현에 따르면 '연필을 손에 쥐고' 몇 개의 문학 텍스트들을 읽어야 하는 수업이었다. 루소의 『고백록』 일부, 졸라의 『제르미날』의 한 구절, 엘뤼아르의 시 한 편, 그리고 (이 부분은 내 기억이 가물가물한데) 아마도 『고리오 영감』에서 발췌한 발자크의 글이었다. 나는 우선 교수가 학생들을 위해 손수 복사해서 준비해 온 자료집에 놀랐다. 거기에는 강의의 목표, 발표 주제들, 각 수업 시간의 구성, 참고 문헌들의 개요 및 독서를 권장하는 책들과 그 책들의 도서관 청구 번호까지 자세히 적혀 있었다. 도서관에서 그 책들을 빌리려면 청구번호를 알아야 했던 것이다. 그는 우리에게 매 수업은 카세트에 녹음될 것이며, 부지런히 출석하지 못한 학생들이 바로바로 그 녹음을 이용하게 할 것이라고 예고했다. 마지막으로 매 수업 시간 초반에 한 명의 학생을 지정하여 그(혹은 그녀)가 필기한 수업 내용에 학생 자신의 비판적 코멘트를 덧붙여 다음 번 수업에 복사해 와서 모든 참가자들에게 나누어 줄 것을 당부했다. 참석자의 노트를 참가자 전원에게 모두 돌려 보게 하는 이러한 방식은 결석한 학생들에게 매 수업의 중요 내용을 전달해 줄 뿐만 아니라 수업 시간에 진행된 작업을 복습하게 하여 각자가 받았던 수업의 빈틈과 결함을 수정 보완하고 강의 내용을 심화시키는 효과가 있다고 프루스트 교수는 설명했다.

나는 완전히 놀랐다. 수업이라는 것이 **개인적이고 고독한** 활동이자 성찰의 장소로 머물면서 동시에 이토록 **공동체적** 실천이 될 수 있다는 것은 상상하지 못했던 것이다. 교수는 이런 식으로 자기 강의의 내용과 매 수업 동안 이루어진 집단적 사유를 공동화하려고 배려했다. 선생의 말과 그것이 불러일으켰던 학생들의 반응은 일종의 공공재를 구성했고, 일단 그것이 녹음되고 복사되면 프랑스 문학부의 도서관 한편에 정돈되어 강의 공동체의 구성원 모두가 활용할 수 있었다. 누구도 심지어 교수 자신도 그 정치적 분출에 대한 분명하고 실제적인 의식을 하지 않았지만, 그것은 대학 강의실 한가운데 불현듯 나타난 **공화국**의 한 모형이었다.

그 놀라움의 순간으로부터 40년이 지난 오늘날, 나는 그런 방식이 프랑스의 실제 교육 현장을 대표하던 것이었다고 확언할 수는 없다. 하지만 프랑스에서 관찰된 교육의 개념과 접근은 전적으로 정치적 공동체의 형태와 구축에 깊숙하게 뿌리박고 있다는 사실에 설득되었다. 물론 1973년 당시에 나는 아직 학교와 교육 문제에 대한 **프랑스적인 열정**, 즉 학교와 공화국 체제를 연결하는 프랑스의 그 근본적 양상에 대해 완전히 무지한 상태였다. 하지만 프랑스에서 대학생으로 살아가던 그 최초의 순간들부터 나는 필시 부지불식간에 가장 평범하고 가장 소박한 대학생활의 현실에, 프랑스적 열정의 가장 성공적인 형식들 중의 하나에, **공화국**에 대한 사랑의 가장 경탄스러운 표명들 중의 하나에 접촉하고 있었다.

시간이 흘러 나 또한 내 나라의 교수가 되었다. 도쿄로 돌아온 지 몇 년이 지났고 그 스승이 작고하신 후 몇 달이 지난 어느 날 이상한 꿈속에 그가 나타났다. 40년 전 몽펠리에의 강의실과 모든 점이(규모, 더러움, 창문들, 어둑한 빛, 학생 수 등) 완전히 비슷한 어떤 방에서 나는 텍스트에 대한 설명을 하는 강의를 주도하고 있었다. 나는 서 있다. 손에는 텍스트(몰리에르? 라파예트 부인? 루소? 발자크?…)를 들고 있다. 나는 그것을 바라보다가 고개를 든다. 그리고 놀랍게도 거기엔, 자크 프루스트가 학생들 사이에서 길을 잃고 서 있다. 그것은 늙은 자크 프루스트 교수였다. 헐렁한 갈색 외투를 귀까지 끌어올려 걸치고 검은 머리칼의 학생들 사이에 숨어 눈에 띄는 부동의 자세로 교실 한구석에 앉아 나를 관찰하고 내 목소리를 듣고 때로는 준엄하게 때로는 만족한 태도로 나를 바라보고 있었다. 마치 알랭 코르노 감독의 영화 〈세상의 모든 아침〉에서 늙은 마렝 마래(제라르 드파르디유가 연기한) 앞에 고인이 된 생트 콜롱브(장 피에르 마리엘이 연기한)가 유령으로 갑자기 나타난 장면과 흡사했다. 그 마지막 장면에서 생트 콜롱브의 옛 제자, 마렝 마레는 베르사유의 커다란 방에 운집한 음악가들 앞에서 〈회한의 묘지〉를 연주하고 난 직후, 백일몽 혹은 환각과도 같은 그 감각의 시간에 자신의 스승을 알아본다. 그가 연주한 곡은 생트 콜롱브의 작품으로 젊은 시절의 마랭 마레가 단 한 번, 비좁고 초라한 오두막에서 희미한 촛불 아래 스승과 마주 앉아 함께 연주하던 곡이었다. 스승은 그 오두막에서 죽은 아내의 환영과 함께 이따금 연주하곤 했었다. 영화의 그 장면은 굉장했다. '공허한 것을 모아들이'려고 '공허한 것을 갈망'했었다는 사실을 인정한 옛 제자가 마침내 자신의 가르침을 **구현했다는** 것을 알고 노스승은 **재림**(왜냐하면 그는 **유령**이므로)한 것이다. "자네를 가르쳤다는 게 자랑스럽네."라고 유령은 완벽하게 밝은 빛 속에서 마랭 마레에게 중얼거린다.

스승은 제자에게 뭔가 귀중한 것, 음악의 욕망이 일어났다는 것을 말하기 위해 유령으로 나타나 거기에 존재하고 있다. 젊은이의 얼굴에 가늘고 길게 이어진 눈물 자국이 그것을 입증한다. 아름다운 계승. 그야말로 허구의 형식으로만 표현될 수 있는 진실들, 눈에 보이지 않고 귀로 들을 수 없는 것을 위해 유령의 힘을 빌려 전달되는 진실들이 있다. 예술… 그리고 문학은 아마도 그런 것이리라.

내게 나타난 유령에 대해 말하자면, 나는 마랭 마레가 될 행운은 갖지 못했다. 말 한마디 없이 즉시 사라져버렸으니… 내가 정말로 그 장면을 보았나? 한밤의 꿈이었나? 백일몽이었나? 어쨌든 의구심을 품어 봐야 소용없던 것이 그 장면은 지속되고… 다시 나타나고… 사라지기는커녕 더 공고해졌다. 그리고 이제 나는 정말로 나의 스승이 유령처럼 나타나는 그 이미지에 사로잡혔다. '헐렁한 갈색 외투를 귀까지 끌어올려 걸친 늙은' 모습으로… 틀림없이 그것은 어느 겨울밤의 꿈이었고… 의심의 여지 없이… 그는 거기에 있었다. 내가 두 눈을 감으면 그는 관찰자의 침묵에 갇힌 채, 그럼에도 불구하고 너그러운 모습으로 언제나 거기에 있다…

나는 그 모범적인 교수였던 자크 프루스트 선생님을 수업 시간이나 도쿄에서 열린 강연장에서만 가까이 할 수 있었다. 그와 어떤 우정의 관계도, 그에게 가까이 다가가게 할 수 있던 어떤 종류의 사적인 감정도 갖지 않았으며, 그것이 나에게는 행운이었던 것 같다. 왜냐하면 그렇게 해서 나는 진짜 스승, 그 객관적이고 순수한 표명 아래 그 이름에 걸맞은 진정한 교수를 가질 기회를 얻었기 때문이다. 그것은 (이런 비교가 무모하다는 걸 알지만…) 레지 드브레가 오직 고등학교의 교실 안에서만 자크 뮈글리오니를 자기 스승으로 알고 지냈던 것과 조금 비슷하다. 만일 뮈글리오니라는 스승이 '그의 아버지, 후견자, 친구가 되는 일을 거부하지 않았더라면 그 스승은 아마도 아버지, 사회적 후견자들, 그리고 친구들의 무게로부터 드브레를 해방시키지 못했을 것'이다. 그래서 그는 '일 년 동안 그 거리, 조금은 엄격하지만 주의 깊은 그 조심성을 지켰다'.

프루스트 선생님, 저는 선생님을 잊지 않을 겁니다. 아니 잊지 못할 것입니다.

7.

아니, 나는 자크 프루스트를 잊지 못할 것이다. 내가 그의 곁에서 배웠던 것에는 아직도 잊지 못할 무엇인가가 있기 때문인데, 그것은 문학 텍스트에 대한 비판적 접근이다. 문학적 성찰에 대하여, 문학에 대한 사색에서 비롯하는 즐거움을 그가 나에게 전달해 주었다는 점을 말해야만 한다. 그랬다. 자크 프루스트는 텍스트의 특수성이 만들어 내는 모든 것을 주의 깊게 읽어 내는 일의 즐거움을 알려 준 첫 번째 사람이었다. 엄격하면서도 호의적인 그의 감독을 받으며 나는 루소의 내밀한 글의 세계로 침투하기 시작했다. 그가 '징후적'이라 지칭했던 방법론적이고 체계적인 태도는 의미 있는 디테일들, 기발한 방식들, 언어가 빚어내는 우연한 사태들을 탐색하는 일이었고 그것은 나에게 진정한 발견이 되었다. 그때까지 나는 단순하고 무미건조한 번역 연습으로 대략 환원되는 수업만을 받아 왔다.

최선을 다해 규칙적으로 따라갔던 〈문학 텍스트 깊이 읽기〉 수업의 초반에 선생은 우리에게 『고백록』 6권의 일부분을 읽도록 했는데 나는 그 부분을 인용하지 않을 수 없다. 그것은 내가 전문가의 인도를 받으며 읽어 냈던 최초의 기념비적인 문학 텍스트 중 하나이기 때문이다.

엄마의 집에서 지내면서 나는 소소한 장난기를 완전히 잃어버렸다. 모든 게 내 것이니 훔칠 게 하나도 없었기 때문이었다. 게다가 스스로 높은 처신 원칙을 세운 이후로 그런 천박한 일에는 초연하게 되었다. 확실히 그랬다. 그러나 그것은 내가 유혹을 극복하는 법을 배웠기 때문이 아니라 그 유혹의 근원을 없앴기 때문이었다. 그러니 같은 욕망이 일어나게 된다면 소년 시절처럼 또 물건을 훔치게 될 것을 크게 두려워할 만하다. 마블리 댁에서 나는 그 증거를 얻었다. 훔칠 만한 자질구레한 물건들이 주위에 널려 있었으나 나는 거들떠보지도 않았다. 그런데 아주 마음에 드는 아르부아산産 백포도주가 우연히 탐나기 시작했다. 여기저기 식사 때 몇 잔 마셔 보니 무척 입맛이 당겼다. 술은 약간 뿌옇게 흐려져 있었다. 나는 포도주를 맑게 하는 솜씨가 있다고 자부했고 또 그걸 자랑했다. 그랬더니 그 포도주를 나에게 맡겼다. 포도주를 맑게 하려 했는데 잘 되지 않았다. 그러나 겉보기에만 그랬을 뿐 맛은 여전히 좋았다. 그게 기회가 되어, 때때로 나는 몇 병을 적당히 처리하여 내 방에서 혼자 맘 편히 마시기로 했다. 난처한 일은, 함께 먹을 게 없이는 결코 술을 마실 수 없다는 거였다. 빵을 구하려면 어찌해야 하나? 빵을 남겨 모아 둘 수도 없는 노릇이었다. 하인들을 시켜 빵을 사 오게 하는 것은 내 속내를 드러내는 일이나 다름없고 집주인을 거의 모욕하는 일이다. 나 스스로 사러 나가는 건 엄두도 낼 수 없다. 허리에 검을 찬 멋진 신사가 빵 가게에 가서 빵 한 조각을 산다니 이게 할 수 있는 일일까? 마침내 곤경에 빠졌던 어느 공주의 이야기가 생각났다. 백성들이 빵이 없다고 말하자 공주는 "그럼 브리오슈를 먹도록 하지."라고 말했다고 한다. 그래서 나는 브리오슈를 샀다. 거기까지 이르기엔 또 얼마나 많은 과정을 거쳤던가! 그런 속셈으로 혼자 외출을 한 연후에, 때로는 온 거리를 헤매면서 케이크 집 한 군데를 들어가기 전에 삼십 개의 케이크집 앞을 지나가곤 했다. 가게 안에 꼭 한 명만이 있고 그 사람의 생김새가 썩 내 마음에 들어야만, 비로소 그 가게 문턱을 넘어서는 것이었다. 반면, 일단 그 소중한 브리오슈를 손에 넣고 내 방에 혼자 틀어박혀 옷장 안의 술병을 꺼냈을 때, 거기에서 혼자 소설 몇 쪽을 읽으면서 홀짝홀짝 술을 마시는 일은 얼마나 기분 좋은 일이었던지! 맞상대가 없는 대신 뭔가 먹으면서 책을 읽는 게 내 변덕스러운 취미였기 때문이다. 그것은 내게 결여된 사교성을 벌충하는 셈이었다. 책 한 페이지와 빵 한 조각을 차례차례 집어삼키는 일, 그것은 마치 내 책이 나와 함께 식사를 하는 것만 같다.

처음에는 교수가 텍스트를 읽었다. 간간이 침묵을 섞어 가며 몇몇 중요한 단어들은 강조하면서도 차분하고 절제된 음성으로 책을 읽었다. 특히 나를 사로잡은 매혹적인 저음 속에는(그 저음의 목소리는 내가 몽펠리에에 녹음하여 가져왔던, 수없이 들어 온 칼 뵘 버전의 〈피가로의 결혼〉에서 알마비바 백작을 노래하던 디트리히 피셔 디스카우의 목소리를 떠올리게 했다) 번쩍임이 있었는데, 그것은 텍스트의 음성적 현실의 매력을 증가시켰던 거의 수정 같은 특별한 번쩍임이었다(어떻게 그는 텍스트를 그토록 극적이고 또 다성적으로 울려 퍼지게 할 수 있었을까?). 주제적인 차원에 대해 말하자면, 그것은 단적으로 완전한 하나의 계시였다. 즉각적으로 나는 이 짧은 자서전적 글에서 읽어 내야 하는 것에 사로잡혔다. 그럴 계제가 아니므로 이 자리에서 그 텍스트에 관한 설명을 하지는 않을 작정이지만, 두세 가지의 작은 디테일은 언급할 것이다. 왜냐하면 자크 프루스트의 조심스러운 감독 아래 이루어진 강독 수업이 나로서는 잊지 못할 경험이었고, 의미화의 메커니즘 내부에 대한 이해를 위해 텍스트 안에 **들어서는** 느낌을 생전 처음 받았었기 때문이다. 내 앞에 그 텍스트가 나타난 것은 신의 섭리였다. 그것은 내 앞날의 작업에서 밀도 있고 견고한 사유의 진원지가 될 참이었다.

명백한 점은 그 텍스트가 도둑질과 구매라는 연관된 두 주제를 중심으로 조직되어 있다는 것이다. 내가 배웠던 것은, 무엇인가가 말해지고 이렇게 표명된 발화 너머로 예기치 않았던 효과 같은 무엇인가가 텍스트에서 떨어져 나온다는 사실이다. 나는 이 점을, 루소가 도둑질과 구매라는 두 가지 전유화 행위에 대한 도덕적 위계를 전복하는 방식 안에서 파악했다. 실제로 작가는 필경 자기 자신도 모르는 사이에, 구매라는 행위를 도둑질보다 무한히 더 복잡한 일로 묘사하고 있었다. 반면, 도둑질은 예상과는 달리 그에게는 그저 욕망에서 비롯된 행위로 묘사되고 있었다. 이러한 전복의 효과를 관찰했을 때 나는 이 텍스트의 중심을 포착했다고 믿었다. 젊은 가정교사였던 루소는 아르부아산 포도주들을 너무도 자연스럽게 아무 생각 없이 무관심한 듯한 태도로 훔쳐 내고 있어서 단 두 줄로 이야기할 정도이다. 반면에 브리오슈 빵을 사는 일은 독특한 전개를 보이면서 구매자의 내적 동요를 강조하고 있다. 쉬운 도둑질과 어려운 구매, 독서의 향유에 곁들여지는 (포도주와 빵을) 먹는 즐거움… 이야기의 이 세 단계로부터 마침내 어떤 침묵이 떨어져 나온다. 말하자면 텍스트 전체가 돈이라는 **암묵적인 발화 내용**을 중심으로 돌아가고 있는 것이다.

프루스트 교수의 주위 깊은 시선 아래 텍스트에 바짝 붙어 이루어진 최초의 성찰적 강독 수업에서 내가 이끌어 낸 즐거움은 상당한 것이었다. 일본에서 받았던 모든 학교 교육, 일본식 수업의 오랜 시간들, 영어 수업들, 프랑스어 수업들, 중학교와 고등학교 혹은 대학에서 받았던 그 모든 수업에서 나는 말들의 배열에 그토록 세밀하고 엄격하게 주의를 기울였던 경험이 한 번도 없었다. 하나의 텍스트가 그처럼 풍부하고 해독해야 할 기호들로 가득한 적은 결코 없었다. 강독이 그토록 매력적으로 보였던 적이 한 번도 없었던 것은, 진정한 강독이란 의미의 구축으로 이끌어지는 점진적인 접근이라는 사실을 그동안 내가 몰랐기 때문이었다.

이렇게 나는 그 유명한 '텍스트 해설'이라는 이름의 훈련에 입문하게 되었다. 그 훈련을 비방하는 사람들이 뭐라 말하든 간에, 나로서는 프루스트 선생에 의해 인도된 십여 차례의 훌륭한 강의를 통해 그것의 중요성과 크나큰 기쁨을 가늠했다.

그리하여 몽펠리에의 첫해가 끝날 무렵 프랑스어에 대한 나의 사랑은 감히 말하건대 천사의 날개를 달게 되었다. 그것은 부드럽고 과감하게 날아올랐고 그때까지 생각지도 못했던 높이까지 올라가 고요한 문학의 하늘을 떠돌았다. 그것은 또한 깊은 곳에도 가닿았다. 지붕 아래로, 거리들, 정원들, 도시와 시골들 그리고 온갖 구석진 곳들에서 펼쳐지던 삶의 어두운 부분까지 뿌리내렸고, 그 **언어**로 말하는 남녀노소들 사이로, 거주민들과 다른 곳에서 온 사람들 사이로, 마침내 그 다른 사람인 나와 타자들 사이로 파고들었다.

8.

바캉스가 시작될 무렵에 나는 병이 났다. 육체적으로 소진이 되었던 것이다. 잠에서 깨어나 기상하고, 나를 입양해 준 새 언어 안에서 태어나고 다시 태어나던 수많은 날들 후에, 즐거운 저녁 모임과 끊임없는 토론으로 수많은 밤을 탕진한 후에, 여러 강의(발음 교정 수업부터 문학 수업까지)에 투여했던 수많은 시간 후에 나는 탈진하고 말았다.

나는 의사를 보러 갔고 회복하는 데 일주일이 걸렸다.

그 후에 바캉스를 맞이했다. 완전히 자유로운 석 달

의 시간이 내 앞에 놓여 있었다. 일본에 다녀오는 일은 생각조차 할 수 없었다. 왕복 항공료가 단념을 재촉했다. 그리하여 가족을 만나러 도쿄에 가는 일은 일초도 염두에 두지 않았다. 나는 이 지중해 빛의 도시에 이 년 간 머물 것이므로 아무 생각 말고 여기에 있어야 했다. 더구나 내 안에 자리하여 이제 충만하게 살기 시작한 이 프랑스적인 **지속의 흐름**을 절대로 깨뜨리고 싶지 않았다. 유럽을 여행할까? 프랑스의 다른 지역, 다른 도시를 발견하러 갈까? 아니, 그런 유혹은 일어나지도 않았다. 일본인 유학생들을 필두로 수많은 외국 유학생들은 바캉스를 이용하여 때로는 과감하다 싶은 장기 여행을 계획하곤 했다. 나도 그렇게 할까? 아니다. 나는 그런 일에 관심이 없었다. 나의 욕망은 수평적이라기보다 수직적이었다. 나는 몽펠리에에 있었고 무엇보다 나와 인접해 있는 지리와의 관계를 공고히 하고 싶었다. 나의 지표들을 확실히 하고 나의 정착을 강화하고, 내가 거주하던 이 대학촌의 공간에, 이 도시의 공간에, 랑그독 지방의 공간에 내 모습을 다시 만들고 내 위치를 재조정하고 싶었다. 감히 말하자면, 나는 나와 몽펠리에 사이의 축복받은 결혼 첫날밤의 순결함 속에서 살고 있었다. 나와 나의 도시 주변에 생겨난 그 친밀감을 돌보고 발전시켜 내 마음에 맞게 다듬어 내어 주위의 공간이 마침내 나만의 공간이 되도록 하는 데 열중했다. 나는 뿌리를 내리고 싶었고, 내가 있던 곳에서 가능한 아주 깊숙하게 나의 실존을 파고들고 싶었다. 바다 냄새가 섞인 뜨겁고 건조한 열기, 별이 총총한 밤의 생기 넘치는 신선함, 풍요로운 경작지의 냄새, 하늘과 모래와 꽃과 나무와 집들과 여인들의 다채로운 의상이 빚어내는 그 환한 색채들. 이 모든 것이 지중해 도시의 눈부신 순결함 아래 주어졌다. 그리고 그것은 **삶에 대한 의욕**을 자극하고 강화했고, **읽기와 쓰기**의 욕망으로, 지속적으로 나에게 다가오던 모르는 단어들과 인상적인 이미지들이 혼융하고 비등하는 가운데서 헤엄치려는 욕망으로 옮겨졌다. 그러니 다른 곳으로 갈 아무런 이유가 없었다.

나는 꼼짝도 하지 않기로 작정했다. 여행객들은 떠나가고 돌아오고 곧이어 또다시 떠나곤 했다. 그들이 오고 가는 일은 나와 무관했다. 바쁜 관광객들의 소란스러운 움직임은 나를 피곤하게 했다. 그때부터 나는 자주 가는 장소들과 좀 더 내 것으로 만들고 싶은 장소들에 머물러 즐기고자 했고, 인간관계도 내가 알고 지내던 몇몇 사람들만으로 한정하기로 했다. 그러고 나서 나는 루소에 관한 논문에 대해 생각해야 했다. 한여름에 칩거하고자 했던 나의 욕망은 또한 논문 때문이기도 했던 것이다. 하지만 『고백』의 작가에 대한 논문을 진전시킨답시고 아침부터 저녁까지 온종일 방안에 처박혀 있는 일이 정말로 이성적이었나? 루소에 관한 일 말고 다른 일에 몰두해야 하지 않았을까? 우연적인 일들, 만남의 가능성들에 나를 노출시킬 필요가 있지 않았을까? 하지만 어떻게? 그 순간, 폴 발레리 대학에서 외국 학생들을 위해 개설한 여름 학기 강좌에 참여해야겠다는 생각이 떠올랐다. 나는 시내 중심가인 보댕 거리에 위치한 프랑스 정부 장학생 관할 사무소의 담당자를 찾아갔다. 그리고 어학 향상을 위해 대학 개설의 하기 연수 강의CUV를 듣고 싶다고 말했다. 담당자는 다른 곳에 가지도 않고 도시를 바꾸고 싶지도 않다는 내 생각에 놀라워하면서도 CUV 강의 등록금에 해당하는 장학금을 받는 데 필요한 절차를 알아 봐 주었다. 며칠 후 나의 바람이 이루어졌다는 소식을 전해 받았다.

그렇게 해서 나는 1974년 9월 학기에 열리는 강의를 들을 수 있었다. 개강 첫날 나는 사무실로 찾아갔다. 젊은 여성이 다정한 미소로 맞이해 주었다. 많은 여자들처럼 구릿빛으로 그을린 피부에 등이 파인 흰색 여름 원피스를 입은 그 여자는 장밋빛 작은 스카프를 두르고 있었는데 그 스카프가 빨간 고무줄로 묶어 늘어뜨린 머리칼을 거의 완전히 감싸고 있었다. 마치 외부의 탁한 공기로부터 머리칼을 보호하려는 듯했다. 나는 프랑스 정부 장학생이라는 걸 밝히며 내 이름이 등록금 면제 대상자 리스트에 있는지 확인해 달라고 부탁했다.

"아, CFP 연수생인 장학생이 너구나! 그래, 오늘 아침에 전화로 확인받았어. 아무 문제 없어. 내일부터 수업 들을 수 있어."

단박에 반말을 하는(이것은 68 이후에 프랑스에 일어난 여러 변화들 중 하나이다) 쾌활하고 다정한 말투에서 나는 그녀가 대학생이며 이 임시직을 방학 동안만 하고 있다는 걸 즉각 깨달았다. 내가 고마움을 표시하고 사무실을 나가는 순간 그녀가 따뜻하고 맑은 목소리로 나를 부르더니 예의 감미로운 미소를 지으면서 마음에 드는 모든 강의를 다 들을 수 있노라고 확언해 주었다.

나는 매일 아침 반짝이는 신선한 햇살을 받으며 학

교에 가는 일이 기뻤다. 그렇지만 모든 게 다 흥미롭지는 않았다. 박사 학위 준비생이나 초임 교수들이 운영하는 몇몇 강의들은 전적으로 만족스럽지 않았다. 지금은 단 하나의 강의만 기억에 남아 있는데 그것은 영원히 기억될 문법 수업이었다. 그도 그럴 것이 선생이 된 지금도 그때 배웠던 것을 이용하여 학생들을 가르치고 있기 때문이다. 보기 드문 집중 교육 방식의 그 수업은 당시 보르도 대학의 조교수로 있던 젊은 언어학자가 맡아 했다. 그는 현대 프랑스어 시제 체계에 관한 논문으로 국가 박사 학위를 이제 막 마친 사람으로서 자신의 학위 논문 일부를 수업에서 다루었다. 초반에는 학생 수가 많았다. 그러나 문법에 대한 까다로운 이론적 접근은 많은 젊은 참여자들, 대부분 유럽의 국가들에서 온 고등학생들을 나가떨어지게 했다. 학생 수는 급격하게 줄었다. 마지막에는 겨우 네 명만 남았다. 독일 대학생인 볼프강, 카를 리히터가 지휘하던 유명한 뮌헨 바흐 앙상블의 독일 합창단원인 게르투르드, 캐나다의 노신사인 모리슨 씨 그리고 나였다. 마지막 수업에서 교수는 일종의 시험 형식으로 자기 이론의 몇몇 지점에 관한 질문을 나에게 던졌다. 나는 그의 기대에 맞는 대답을 할 수 있었다. 교수는 이렇게 말했다.

"아키라, 자네는 정말 나를 기쁘게 하는군!"

검은 뿔테 안경 너머에서 그의 눈이 촉촉하게 젖어 있는 게 보였다. 강의가 끝난 후에 그는 나지막한 소리로 자신에게 기쁨을 베풀어 준 기념으로 문법책 한 권을 주겠다고 했다. 정말로 그는 모든 수업이 끝난 후에 책 한 권을 나에게 주었다. 그것은 그레비스의 『올바른 어법Le Bon Usage』 구판이었다.

"설명이 잘 되어 있지는 않지만 그 안에는 **거의 모든** 언어 현상들이 있지. 그 책을 참조할 일이 생기면 나를 기억하게 될 거야!"

나는 여전히 그 낡은 그레비스 사전을 내 책상에 두고 있다. 결장에는 그가 헌사의 말을 대신하여 적은 몇 마디가 있다. '떠오르는 태양의 제국에서 온 친구이자 제자에게. 물리적 세계의 태양. 지식의 태양. 우정을 담아서. J.-F. M.' 나는 선물로 받은 이 그레비스 사전을 펼쳐 보는 일이 거의 없다. 그 후로 재검토되어 나온 수정본을 세 권이나 더 마련했기 때문이다. 하지만 그 기념비적인 규정 문법책을 참고할 때마다 그 열정적인 젊은 교수, 1974년 여름 4주 동안의 일시적이지만 황홀했던 그 만남을 떠올리지 않을 수 없다.

9.

이따금 타는 듯한 열기가 느껴지던 9월은 아주 금세 지나갔다. 어느 날인가 대단한 폭우가 내렸다. 거센 빗줄기가 두 시간 동안 쏟아졌다. 하늘이 갈라지고 우렁찬 천둥소리가 계절이 바뀌고 있다는 신호를 보냈다. 다시금 고요가 찾아들고 장엄한 무지개가 그려졌다. 도쿄의 거리에서는 한 번도 볼 수 없었던 장엄한 광경이었다. 바그너의 오페라 〈라인의 황금〉의 마지막 장면 중 하나가 생각났다. 도너가 뇌우를 불러내고 프로가 하늘의 진정 후에 무지개다리를 만들어 새로 건축된 발할 성에 신들의 입장을 준비하는 장면이 바로 그 순간 내 머릿속에 떠오른 것이다. 이제 부드러워진 햇살 속에 가을이 자리하기 시작했고 차츰 서늘해지는 자연을 맞이하면서 포도나무 이파리들은 노르스름하고 불그레하게 물들어 가기 시작했다.

대학 생활도 다시 시작되었다. 어느 날 나는 그 장밋빛 스카프의 여대생을 학부 건물 바로 옆의 대학 식당 〈초록숲〉에서 우연히 마주쳤다. 그녀는 대학 식당과 같은 이름으로 불리는 기숙사에 살고 있었다. 나는 그녀에게 학생이냐고 물었다. 그녀는 영국학을 공부하고 있었고 이미 몇 년을 영국에서 지냈으며 그 후 박사 과정에 들어갔는데 본격적으로 논문 작성에 뛰어들 생각은 하고 있지 않다고 했다. 나는 그녀에게 말했다.

"언제 내 방에 와서 일본 차 한잔 마실래? 나는 〈라 콜롱비에르〉에 살고 있어. 얼마 전 어머니가 보내 주신 일본 차를 맛보게 해 주고 싶거든. 영국 차가 훌륭한 건 알지만 일본 녹차도 결코 나쁘지 않아. 좀 더 시원한 맛이 나는 것 같거든…"

장밋빛 스카프의 젊은 여학생은 대답 없이 미소만 지었다… 친구 중에 나와 음악적 취향을 공유하던 40대의 고독한 미학자가 있었는데 그가 나중에 이르기를, 일본 차를 맛보러 오라고 제안하는, **젊은 여자와 친해지려는 내 방식**은 상대의 관심을 끌려고 '나의 일본 판화를 보러 오지 않을래?'라는 말의 변종으로 비칠 수 있다고 했다. 뭐? 나의 일본 판화? 난 그런 거 없는데… 뭔 소리지? 나는 그것이 고착된 한 표현 방식으로 거의 대놓고 하는 유혹이라는 것을 상상도 하지 못했다. 부끄럽게도 나는 온갖 에로틱한 판화들로 유명한 일본과 그 일본 예술에 불가분하게 얽혀 있는 함의에 대해 무지했던 것이다. 사실 그 점은 브라상의 노래 〈유령〉만들어도 감지될 수 있는 것이었는데 말이다. 나는 그 장밋빛 스카프의 여자를 유혹할 의도는 전혀 없었다. 상냥한 미소와 차분한 아름다움이 인상적이어서 그녀와 좀 더 잘 알고 지내고 싶었던 거였다. 하지만 이런 마음을 어떻게 전할지는 몰랐다. 마침 얼마 전 도착한 녹차가 그녀에게 말을 걸 생각을 하게 만들었다. 그뿐이다. 맹세컨대 나는 일본 판화를 녹차로 대체했던 것이 아니다. 장밋빛 스카프의 여자는 나의 녹차에 대해 의심을 품었을까? 무례해 보인 나의 제안에 뒤따른 침묵 속에서 그녀는 어쩌면 내 머리를 스치고 지나갔던 생각을 궁금해했을지도 모른다.

그렇지만 며칠 후 그녀는 나의 집에 왔다. 스카프는 두르고 있지 않았다. 그 대신 목 주변에 밝은 오렌지빛의 아주 얇은 머플러를 둘렀다. 고전적인 우아함이 돋보이는 짙은 갈색의 정장 바지 차림이었는데 꽤 고급스러운 느낌을 주었다. 우리는 녹차를 마셨다. 나는 그것이 겐마이차이며 현미 가루를 섞은 녹차로, 묵직한 맛과 낯선 향은 바로 그 혼합에서 기인한 것이라고 설명해 주었다. 그녀는 '홍차'의 맹목적인 추종자인 자신에게 그것은 하나의 발견이라고 했다. 그러고 나서 우리는 우리 자신에 대해, 우리의 학업에 대해, 영국과 일본에 대해, 서로의 가족에 대해, 회화와 음악과 다른 모든 것에 대해 이야기를 나누었다. 그녀는 내 침대 가장자리에 앉았다. 나의 눈은 미소로 반짝이는 그녀의 얼굴 이외의 다른 곳을 향할 수가 없었다. 마침 켜 놓은 라디오 방송 〈프랑스 퀼티르〉에서 브람스의 〈바이올린과 오케스트라를 위한 협주곡〉이 내가 초대한 여인의 낭랑한 목소리 너머로 흘러나왔던 걸 기억한다. 2악장이 아주 부드럽게 끝나고 있었고, 오케스트라의 피아니시모 볼륨과 뚜렷한 대조를 보이면서 바이올리니스트가 매우 섬세하게 연주하는 길고 높은음에 맞추어 나는 서투르게 두 번째 차를 우려내 잔을 채웠다. 우리는 겐마이차를 마시면서 시시콜콜한 것들에 대한 이야기를 계속해 나갔다. 협주곡의 마지막 음이 울려 퍼졌을 때, 나는 라디오를 끄고 그녀의 동의하에 내가 녹음한 〈피가로의 결혼〉을 틀었다. 우연히도 케루비노가 〈사랑의 괴로움을 그대는 아는가…〉를 노래하는 대목이 나왔다. 수잔나가 어린 시동인 케루비노를 여자 옷으로 갈아입혀 변장시키는 장면, 케루비노의 사랑이 피로 물든 리본으로 나타나면서 자기가 사랑하는 여인의 머리를 묶어 주고 피부를 만짐으로써 상처를 치료하는 미덕을 얻는 장면이었다. 사회적이고 성적인 정체성이 흔들리는… 수잔나의 목소리는 케루비노의 여성적 아름다움에 의해 완전히 동요되고 있었다. (케루비노 역은 여성이 맡아서 젊은 남자의 역할을 했다. 무대에는 청년에서 여성이 되어 버리는 그 여자가 나타난다.) 백작 부인은 젊은 남자의 간접적인 고백 앞에서 감출 수 없는 동요를 드러내고, 케루비노는 부인에게 가닿을 수 없다는 슬픔에 빠진다. 그 현기증 나는 순간, 욕망이 전율하는…

우리는 녹차를 앞에 두고 감미로운 공모의 순간을 함께 보냈다. 내 안에서 사랑의 말들이 태어나려고 했는데, 나의 언어가 아니라 내가 **나의 것**으로 만들려고 애쓰던 그녀의 언어 안에서, 나날이 점점 더 커지고 더 발전되어 가는 걸 보고 즐거워하던 그녀의 언어 안에서 태어나려는 참이었다.

11월 어느 날, 나는 자전거를 타고 시내로 나가 짙은 갈색 정장 바지의 여인을 위한 꽃다발을 샀다. 약간 흐린 날씨의 어느 토요일 오후였다. 나는 자전거의 패달을 힘껏 밟으며 서둘렀다. 교차로에서 불쑥 자동차가 튀어나왔다. 나는 자동차와 정면으로 부딪치며 날아올라 도로 한 쪽 인도에 처박혔다. 주변에 사람들이 몰려드는 게 보였고 나는 기절했다.

깨어났을 때는 병원이었다. 40대의 남자가 나의 전신 엑스레이를 찍고 있었다. 하지만 그는 무심해 보였고 라디오에서 시끄럽게 흘러나오는 축구 경기에 온통 집중하고 있었다. 엑스레이를 들여다본 당직 의사는 화를 내기 시작했다.

"그는 이런 엑스레이들이 아무 소용없다는 걸 안다고!"

나는 엑스레이실로 재이송되었고 모든 걸 다시 찍어야 했다. 의사는 다시 찍은 엑스레이 사진을 검토했다. 이상한 점은 아무것도 발견되지 않았다. 나는 퇴원할 수 있었다. 하지만 고통으로 꼼짝할 수 없었고(일반적인 근육통의 일종이었다) 겨우 걸을 수 있었다. 게다가 신발이 엉망이 되어 버렸다. 그 신발로는 제대로 서 있을 수도 걸을 수도 없었다. 아름다운 꽃다발을 사다 주려 했던 여자를 찾아가 도움을 청해야겠다는 생각이 들었다. 나는 꽃다발 없이 무거운 몸을 질질 끌며 걸었다. 기숙사 〈초록숲〉을 향해 힘겹게 걷기 시작했다. 일 킬로미터를 걷는 데 한 시간도 더 걸렸다. 완전히 기진맥진한 상태로 그녀의 집에 도착했다. 문을 두드리자 그녀가 나왔다. 나는 나무토막처럼 무너졌다. 그 여자는 꽃다발 대신 고통으로 굳어진 내 몸을 받아 내야 했다.

다음 날 아침 일찍 잠에서 깼다. 나는 내 방에 있었다. 얼마 후 문 두드리는 소리가 났다. 미셸이었다. 장밋빛 스카프의 여인, 짙은 갈색 정장 바지의 젊은 여인이었다. 그녀는 자동차를 가진 친구에게 부탁해서 나를 집으로 데려왔다고 설명해 주었다.

"너무 깊이 잠들어서 그냥 내버려 두고 난 집으로 돌아갔어. 잘 있나 보려고 지금 와 본 거야. 좀 어때?"

그리고 그녀는 하루 종일 내 곁에 머물렀다.

그것은 우리의 삶과 운명, 기쁨과 고통, 파티들, 실패들, 수많은 사건과 무의미한 일들이 얽히고설킨 길고 긴 역사의 시작이었고, 그 모든 것들은 한데 어우러진 우리의 삶을 때로는 밀접하게 때로는 느슨하게 이어 가며 구성하고 있었다.

10.

그리하여 나는 1974년 여름의 그 긴 시간을 일 년 반 후에 도쿄의 대학에 제출해야 하는 논문을 위해 보냈다. 내가 다룰 주제, 즉 작가에 대한 선택은 프랑스에 도착하기 전에 이미 정해졌다. 그 선택은 자크 프루스트 교수의 수업에서 받았던 '징후적' 강독의 충격으로 더 확고해졌다. 그러므로 이제는 CFP의 교육을 이용하여 조금 거리를 두고 루소의 텍스트들을 다시 읽어야 할 시점이었다. 그러나 또한 본격적으로 위대한 비평 텍스트에 입문하여 일종의 자연스러운 모방을 통해 말하는 방법, 문학 텍스트에 대해 말하는 방법을 배워야 할 시점이 도래한 것이기도 했다. 다시 말해, 비평을 곁들인 담론을 구성할 수 있도록 문학 텍스트에 접근하고 질문을 던지는 방식을 배워야 했다. 피아니스트가 슈베르트의 가곡에 접근해 가는 성악가를 동반하듯이 말이다. 위대한 비평가들을 알고자 하는 마음은 아주 강했다. 그것은 몽펠리에의 스승에 의해 특별히 고무되었다. 그렇게 해서 6월 중순부터 9월 중순까지 루소의 숲을 관통하려던 시도와 나란히, 필수적이라고 일컬어지던 문학 비평서들을 탐독했다. 롤랑 바르트의 『글쓰기의 영도』『기호학의 요소들』 그리고 『비평 에세이』의 몇몇 에세이들, 조르주 풀레의 『인간적 시간에 관한 연구들』과 『순환의 변모들』에 실린 몇 장의 글들, 장 피에르 리샤르의 『문학과 감각』, 제라르 주네트의 『문채 I Figures』과 『문채II Figures』를 읽었다. 그것은 매혹이고 환희였다. 이방의 초심자 앞에 우뚝 세워진 온갖 난해함을 넘어서서 나는 각각의 독서에서 이 예외적인 동반자들의 언어 속으로 깊숙하게 **침투**하는 느낌을 받았다. 그것은 제라르 무어와 디트리히 피셔 디스카우의 관계처럼, 그 몸과 살 속으로 들어가는 것과 비슷했다. 나는 그 장엄한 책들에 전개된 언어가 제공한 화려한 공간의 치밀한 열기 속으로 미끄러져 들어갔다. 매혹적인 풍경이 내 앞에 나타났다. 나는 그것의 부피와 넓이를 측정했고 그것의 유려한 형식에 공감했으며 구석구석을 검토했고 굴곡과 협곡을 파고들었고 마침내 한껏 달궈진 몸으로, 정돈된 역동성과 운각韻脚의 표현과 정교하고 세밀한 전율을 체험했다. 나는 단어들과 문장들의 무게를 쟀다. 각기 다른 차원들이 텍스트의 통일성을 이루며 엄정하게 연결되는 모습에 감탄했다. 그것은 분명 매우 지적인 희열이었지만 동시에 굉장히 육체적이고 감각적인 희열이기도 했다. 펼쳐진 페이지마다 가장 감각적인 부분들을 **접촉**하는 느낌, 내 온몸이 참여하는 느낌을 받았기 때문이다. 음성 기관인 입,

텍스트의 논리적이고 논쟁적인 운동을 따라가던 두 손과 팔의 몸짓, 소리 내어 낭독된 진술의 리듬을 따라 전율하며 움직여 간 몸을 지탱하던 두 발과 다리.

일례로 나는 장 피에르 리샤르의 『문학과 감각』의 도입 부분부터 그 아름다운 산문에 매혹되었다. 매우 지적이고 추상적인 내용의 비평서를 읽는 사람의 입가에 어떻게 **아름다움**이란 말이 떠오를 수 있는가? 그것은 독자의 개인적 불안과 텍스트에서 제안된 언어적 표현 사이의 일치된 감정에서 비롯한 매혹적인 체험에서 나온다. 문학은 '개인적 실존 한복판에 자리한 문제들과 집착들과 선택들의 표현'으로, '한 작가가 스스로를 포착하고 구축하려는 과정에 대한 이해와 기원의 훈련'으로 고려되었다. 나는 모든 말들을 강조하고 싶었다. 그 어떤 문학에 대한 정의도 그 책 **서문**의 밀도 있는 문장들만큼 인상적이지 않았고 그것은 그때까지 모르고 지냈던 어떤 진실을 환하게 일깨워 주었다. **문학**에서 빚어지는 것은 개별적 실존의 전체성이고, 그러므로 거기에는 온몸으로 글쓰기에 그리고 또한 읽기에 참여하는 자의 삶과 죽음이 있다. 글쓰기와 읽기는 서로를 연루시키며 끌어들인다.

이제 『문학과 감각』에서 스탕달에 할애한 한 장章인

「스탕달 작품에서의 인식과 애정」의 그 멋진 한 구절을 다시 음미하면 어떨까? 스탕달의 세계에서 음악이 차지한 자리가 어떤 정의, 어떤 설명의 대상이 되는 모습을 보았을 때 내가 느꼈던 행복을 상상할 수 있을까? 그것은 음악에 대한 내 나름의 생각에 너무도 적합하고 너무도 명확하게 부응하는 말들로 이루어진 설명이었다.

음악은 사실 그 어떤 분명한 현실도 **재현**하지 않는다. 스탕달은 음악이 자신의 감동일 뿐이라는 것, 모호한 몽상에의 선동 혹은 지나간 행복에 대한 환기라는 점을 여러 차례에 걸쳐 말했다. 그러나 음악이 연결시키는 그 감동, 그것이 초대하는 몽상 혹은 그것이 환기하는 과거는 지나치게 선명하게 한정되는 일을 스스로 잘 경계한다. 음악이 사랑의 교환을 그렇게 조화롭게 하는 이유는 단지 사랑이 그 본연의 암묵적인 취향에 놀랍도록 일치하는 불분명한 팽창력을 음악 안에서 인식하기 때문이다. [...] 음악은 어떤 접촉을 설정하고 서로의 마음을 열게 하며 공통된 감정의 흐름 속에서 그 마음이 서로에게 투명하도록 해 준다. 사랑에 대해 음악은 해석자이기보다는 소개자이다. 사랑의 열정 안에서는 흔히 그 자체로 들리지 않는 언어가 말해진다. 사용된 말들과 독립적으로, **마음과 마음이 서로에게 보이기 때문이다.** 나는 그와 비슷한 효력이 노래에 있을 거라고 짐작한다.

음악에 대한 내 사랑, 풍요로운 감정을 공유하며 서로를 응시하는 연인들의 마음을 가깝게 하는 데 적절한 성악에 대한 내 사랑을 표현한 말들이 여기에 잘 나타나 있었다. 프랑스어에 뿌리를 내린 내 개인사의 출발점에는, 모두들 기억하듯이 그 언어에 대한 나의 각성과 모차르트 음악에 대한 나의 열정이 불가분하게 연결되어 있었다. 프랑스어와 음악 사이의 이 행복한 결합은 해체되기는커녕 더 강화되었고, 그야말로 음악적인 리샤르와 풀레의 문장들을 접촉하면서 더더욱 단단해졌다. 내가 그 언어에서 벗어나지 않는 한, 그 언어 안에서 그 언어로 숨쉬기를 멈추지 않는 한, 음악은 영원히 나와 함께 할 것이라고 생각했다. 그것은 하나의 확신이었다. 나에게 악기와도 같았던 그리고 언제나 그러한 프랑스어를 나날의 감정들에 따라 노래하게 하고 울려 퍼지게 하려고 노력했다.

나는 게걸스럽게 읽어 내고 관능적으로 읊조렸던 장 피에르 리샤르의 아름다운 문장들에 매우 만족했다. 그 책을 읽는 동안 일종의 영감과 계시를 얻었고 강렬한 명증성의 느낌을 받았다. 내가 공부하고 있던 언어를 전유하는 일에서 일취월장하는 느낌이었다. 나는 『문학과 감각』의 저자를 드높이 치켜세웠다. 그에게 무제한의 칭송을 부여했다. 그렇지만 『말라르메의 상상세계』라는 그의 위대한 책을 향한 발걸음은 떼지 못했다. 또 다른 사랑이 나를 붙들어 맸기 때문이다.

11.

그랬다. 프랑스어는 나에게 악기였다. 그것은 오래전, 프랑스어를 배우던 초기부터 지녀온 감정이다. 도구를 잘 사용하려면 **규율**, 심지어 고행의 감각이라고 할 만한 것이 필요하다. 그리고 바로 그것이 오늘날 나의 학생들에게 하는 말이다. 프랑스어를 완전하게 숙달하는 것은 바이올린이나 피아노를 연주하듯이 **언어를 구사하는** 일이다. 좋은 음악가에게 악기는 그의 몸의 일부가 된다. 그러니 프랑스어는 그 언어로 자신을 표현하기로 선택한 발화자 안에서 그의 몸의 일부가 되어야 한다. 음악에는 초심자부터 아마추어를 거쳐 전문가에 이르는 모든 수준이 있다. 언어도 마찬가지다. 전문가의 수준은 이삼 년 만에 도달되지 않는다. 수년에 걸친 공부와 언어를 유지하기 위한 평생의 시간을 필요로 한다. 당신은 프랑스어를 좋아한다. 그렇다. 그러나 '프랑스어를 좋아한다'는 말이 당신에게 무엇을 의미하는가? 진정한 음악가가 되기 위한 것처럼 프랑스어를 대할 준비가 되어 있는가? 왜 이런 질문을 하는가? 왜냐하면 음악가가 매일같이 연습을 하듯 나 자신도 그렇게 하기 때문이다. 나와 음악가의 차이는 나는 청중이 없이 도구를 다룬다는 점에 있다. 아무도 나의 연주에 관심이 없으며 레퍼토리도 없고 청중을 앞에 두고 보여 줄 유명한 작품도 없다. 내가 하는 연주는 상품화된 것이 아니다. 나는 나 혼자만을 위해 연주하며 그래서 좋다.

악기가 음악으로부터 온 것이라면, 도구로서의 언어도 분명 음악적 매개로 사용될 수 있다. 프랑스어를 음악으로부터 기인하게 할 수 있을까? 프랑스어는 그 한 가운데에 음악성을 지니고 있나?

세상의 모든 언어에는 음악의 울림이 있다. 감정의 떨림은 성대 굴절의 다양한 변조 안에서 발음된 말들을 통해 언어로 들려온다. 삶이란 밤의 소리들, 낮의 침묵들, 마음의 온갖 바스락거림이 감각적 세계처럼 뒤섞여 있는 거대한 음악 창고이다. 그렇기에 언어는 가장 충실하고 가장 심오한 삶의 동반자로서 그 자체가 음악에 다름 아니다. 단지, 음악으로서의 언어는 하나의 언어에서 다른 언어로 동일하게 향상되지 않는다. 각 언어에는 자신의 음악을 진동시키는 고유의 환경과 독자적인 상황들이 있기 때문이다.

일본어는 매우 음악적인 언어이다. 음악적 강화가 경이롭게 극대화되는 시나 극예술을 넘어선 그 외의 일상생활 가장 어두운 지대에서도 언어는 각별한 음악성에 물들어 있다. 어린 시절 나는 도쿄나 우에노 같은 큰 역들에서 기차의 도착을 알리는 소리를 듣곤 했는데, 익숙한 역의 이름이 남자 목소리에 실려 아주 특이하게 매우 멀리서 들려오는 듯했고 정말이지 음악의 한 구절처럼 우~에노~~, 우~에노~~~~, 슈~테느, 우~에노~~ 하며 울려 퍼지곤 했다. 겨울에는 야키이모(달궈진 돌멩이들 사이에서 익혀낸 군고구마) 장사들이 작은 트럭(옛날에는 마차였다)을 몰고 다니며 금방 알아챌 수 있는 음악적 선율에 따라 야키이모, 야키이모, 이시 야키이모, 야키이모, 오이모, 오이모, 이시 야키이모, 야키이모를 외치면서 군고구마 장사가 지나가고 있다는 신호를 보내곤 했다. 이 모든 것 안에는 음악적인 뭔가가 깊숙하게 배어 있거나 배어 있었다는 것, 그것이 민속 전통가요 속에 강화되어 나타난다는 것을 강조하지 않을 수 없다. 나는 기억한다. 세 살인가 네 살 때의 일이다. 나의 어머니는 여느 어머니들처럼 아주 오래전부터 전해 내려오는 자장가를 자주 불러 주셨는데 그걸 들으며 나는 울곤 했다. 어머니의 목소리에 실려 나에게 엄습해 오던 그 알 수 없는 슬픔을 아직도 기억한다… 그것은 불멸의 인상으로 내 마음 깊은 곳에 새겨져 있다. 세월이 흘러 유년에서 벗어났을 때, 어머니는 그것이 내가 꾸며낸 이야기가 아니라며 어린 시절의 내 울음이 진짜였다는 걸 확인해 주셨다. 어머니로서는 나의 슬픔에, 내가 느꼈던 괴로움에 마음이 동요되었고, 자장가를 부르며 나를 품에 안아 달래 주셨다고 한다. 그 괴로운 슬픔 그러나 고요하고 차분했던 그 슬픔은 내가 기억하는 내 인생의 가장 오래된 순간 중 하나이다. 음악적 차원에 속하는 그 일화에는 루소와 조금 비슷한 모습이 있다. 루소는 제네바에서 보낸 어린 시절 초반에 그의 '가련한 쉬송 아주머니'가 불러 주던 옛 노래의 '눈물겨운 매혹'을 포착하려 애썼기 때문이다.

내가 전혀 하지 못하는 외국어나 영어, 독어, 이탈리

아어, 중국어처럼 제대로 할 줄 모르는 외국어들 또한 내게는 모두 음악적으로 들린다. 의미를 모르기 때문에 모든 주의력이 그 언어들이 빚어내는 소리에 집중되기 때문이다. 내가 소유하지 못한 이 언어들의 음악성에서 나의 청각 능력을 강화하는 것은 강세와 강조의 억양에 의해 창출되는 리듬이고, 어조들과 이따금 겨우 감지되는 장음의 음절들이다. 한 번은 이탈리아의 피아첸차에서, 친구인 어느 노부인의 집에 머물렀는데, 그 부인이 명랑한 이웃들을 초대한 적이 있었다. 그날 나는 레시타티보 세코*로 주고받는 그들의 대화에서 거의 모차르트의 오페라에 버금가는 경이로운 장면을 행복하게 목격했다.

프랑스어의 음악성은 하루아침에 드러나지 않는다. 다시 반복해 말하건대, 나에게 있어 프랑스어 학습은 아주 흔히는 문학 서적들의 문장을 꽤 상당한 정도로 전유하고 체득하는 과정이었고, 듣기와 그것을 모방한 낭독의 훈련으로부터 시작한다. 책에서 전개되는 문장들의 상승과 하강의 운동, 그 리듬에 몸을 맡기며 그야말로 음악적인 즐거움을 느꼈던 것 같다. **주제, 반복, 변주** 같은 개념들을 제안하는 음악의 예에 익숙하던 나

* recitativo secco 건조한 낭독체.

는 모델이 있건 없건 큰 소리로 읽고 또 읽었던 문장들에서 '동일한 것의 반복'이라는 현상에 차츰 민감해졌다.

그리하여 그는 클라브생 앞에 앉아 있다. 다리는 굽히고, 마치 악보를 보는 듯 머리는 천장을 향해 들어 올리고, 노래하고, 전주를 시작하고, 알베르티 혹은 갈루피 혹은 둘 중 누구의 것인지 모를 작품을 연주한다. 그의 목소리는 바람처럼 흘러갔고 그의 손가락들은 건반 위를 날아다녔다. 때로는 저음부를 치기 위해 고음부를 내버려 두고, 때로는 반주 부분을 떠나 고음부로 되돌아간다. 열정이 그의 얼굴에 연달아 나타난다. 거기에서는 애정, 분노, 기쁨, 고통이 두드러졌다. 약한 부분[피아노]과 강한 부분[포르테]이 느껴졌다. 나보다 능란한 사람이라면 그 움직임, 그 특징, 간간이 그에게서 빠져나왔던 노래들의 몇몇 특성에서 그 작품이 뭔지 알아챘을 것이다. 하지만 이상했던 것은 그가 이따금 더듬거렸다는 점이다. 마치 뭔가 빠트렸다는 듯이 다시 시작했고 작품이 자신의 손안에 더 이상 없다는 사실을 원통해했다.

예컨대 내가 『고독한 산책자의 몽상』의 산문을 낭독하는 내 목소리를 듣고 있을 때 혹은 위에 인용한 『라모의 조카』의 한 페이지처럼 우연히 음악이 관련된 문장을 옮겨 적고 있을 때, 노트 위를 굴러가던 내 연필이 공모하듯 조심스러운 침묵 속에 빠져들었고 그 순간 나는 분명 어떤 즐거움에 몰입했었다. 오늘날 나는 그것을 '음악적' 즐거움이었다고 지칭하는 데 주저하지 않을 것이다.

음악적 차원의 효과에 접촉된 감정이 창출하는 것은 물론 언어 자체가 아니며, 언어는 그 자체로 보면 문법적 잠재성의 총체일 뿐이다. 그것은 소리와 리듬, 강도, 지속, 침묵을 조직하는 어떤 방식에 있으며, 언어가 빚어내는 확실한 음악성의 기원은 거기에 있다. 어떤 책 속에 빠져들었을 때 나는 왜 그토록 반향을 일으키는 말들, 흐르는 문장들, 단락들 그리고 더 넓게는 아주 잘 다듬어지고 잘 구성된 듯한 텍스트 전체의 반복을 좋아했을까? 그 즐거움은 어디서 연유하는가? 물론 그것은 내가 읽고 있던 책에서 비롯한다. 하지만 그것은 또한 과거, 먼 과거의 진동, 어둡지만 음성적인 기억 속의 심연들, 요컨대 나의 먼 유년에서 울려 나온 모든 세계로부터 비롯한 것이다. 아마도 나는 좋아하는 문장들과 단어들을 소리 내어 읽으면서, 음악가는 아니었지만 유년 시절에 들었던 음악에 연결된 추억의 흔적들을 찾고 있을 것이다. 아니 차라리 이렇게 말해야 할 것이다. 아버지의 너그러운 시선을 받으며 연주를 하던 형 옆에서 나도 모르게 음악을 들었던 그 순간의 연장, 그 추억들이 내 안에서 **스스로를 찾고 있는** 거라고 말이다. 이러한 경험이 부지불식간에 나를 프랑스어라는 또 다른 음악으로 이끌어 갔다. 엄청나게 듣곤 했던 프랑스어라는 음악은 사실 내 기억 속 어두운 미로의 가장 후미진 골목 안에서 아버지와 그의 장남이 빚어내는 음악과 뒤섞인 듯 보인다.

내 **부성의** 언어는 형의 바이올린처럼 그렇게 나의 진정한 악기가 되었다.

12.

이야기가 여기까지 진행된 시점에서 여러분은 내가 진실을 말하고 있는지, 내가 정말로 솔직한 건지 자문할 수도 있다. 내가 쾌활하게 프랑스어 습득의 길로 나아갔으며 내 앞에 놓인 장애물들을 어렵지 않게 넘어섰다는 듯이 말하고 있기 때문이다… 정말이지 그건 아니다. 만일 그런 인상을 주었다면 그건 나도 모르게 그렇게 되었던 것이며, 절대로 내가 말하고자 한 바가 아니다. 모국어일지라도 언어란 저절로 습득되거나 숙달되지 않기 때문이다. 외국어에서 당신은 말할 것도 없이 외부자로, 물론 정도는 다양하지만 운명적으로 어찌할 수 없이 외부자로 남기 때문이다. 부인할 수 없는 명백한 사실은 언어라는 거대한 거주지에서 우리는 구석진 작은 곳만을 점유할 뿐이다. 내가 말을 하고 글을 쓰는 것은 언어를 작동시키는 서투르고 때로는 부적절한 몇몇 방식일 뿐이다. 요컨대 언어 습득에 저항하는 것들이 있다.

조국으로부터 멀리 떨어져 있던 나는 길에서 마주치거나 함께 있던 프랑스인들 덕분에 프랑스어를 풍부하게 들을 수 있는 행운을 누렸다. 그리고 프랑스인들이 서로를 부르는 **호칭** 표현을 많이 사용한다는 점을 꽤 일찌감치 주목했다. 그것을 일본어로 옮길 때는 호칭 표현이 일으키는 문제를 알아보기 위해 충분한 번역 훈련을 했다. 예를 들어 스탕달의 『아르망스』에서 발췌한 아주 단순한 다음의 문장을 보자. "아! **사랑하는 나의 사촌이여**, 당신이 애처롭네요, 당신은 저를 난처하게 하네요, 라고 보니베 부인은 생생한 기쁨이 묻어나는 어조로 말했다. 당신은 우리가 **반동적 존재**라고 부르는 바로 그런 사람이에요." 또는 조르주 무스타키가 바르바라와 듀오로 부르는 노래 〈일직선〉의 가사를 보자. "그리고 너, **나의 아름다운 사랑**이여, 너의 삶을 조금이라도 덜 무료하게 해 줬던 사람들이 있는가? 오, **내 소중한 사랑**이여, 물론 내게도 남자들이 있었지…" 하지만 구어체로 이루어지는 현실의 삶에서도 그런 호칭들이 빈번하게 사용된다는 사실은 실제로 깨우치지 못했다. 그런데 일상 대화에는 그런 호칭들이 잔뜩 나타나고 있었다! "네 말이 맞아, **얘야**, 네가 맞아.", "뭐라고? 뭐라 그러는 거야, **얘야**?" "화내지 마, **내 귀염둥이**." "자, 자, **여보게**." … 그리고 이제는 내 아내가 파리에 있는 딸에게 날마다 전화로 하는 말에서도 듣고 있다. "지금 넌 너무 피곤하구나. **내 꼬맹이**, 얼른 가서 누워. 걱정 마, 내가 전화로 깨워 줄게. **얘야**, 몇 시에 전화해 줄까?" 사실 프랑스어를 배우던 초기에 호칭 표현에 관해서는 '안녕하세요, **선생님**. 안녕하세요, **부인**'만 배웠다.

파리나 프랑스 어디서든 예컨대 빵집에 들어가서 나는 아무 생각 없이 이렇게 말한다. "안녕하세요, **부인**. 바게트 하나와 버터 크루아상 두 개 주세요." 오랜 친구로부터 전화를 받을 때도 불편해하지 않으며 이렇게 말한다. "아, 안녕, **다니엘**! 어떻게 지내?" 반면에, 내 입에서 나오지 못하는 말은 좀 전에 인용한 내 아내의 말들 같은 거다. 그것들은 너무도 자연스럽고 자발적으로 나오는 말이다. “포도주 좀 마실래, **여보**?” “걱정 마, **얘야**, 내가 도와줄게.” 이제는 프랑스어로 대화하는 내 딸과 얘기할 때도 나는 이 부가적인 형식들을 한 번도 사용한 적이 없으며, 결코 사용할 수도 없다. 까다로운 언어학자들은 그것을 정서적인 혹은 애칭적인 가치를 지닌 호칭법이라고 말할 것이다. 이런 종류의 언어에 동화되는 일을 방해하는 것은 발음에 관한 장애나 특별한 구문에 연결된 난해함이 아니다. 소심함이나 심지어 두려움에 속하는 무엇인가가 언어의 표면 아래에서 나를 제지하고 있는 것 같다.

프랑스어에는 관계를 창출하는 모든 대화 형식이 새겨져 있고 그 방식은 속셈이 작동하는 것과 같은 이유로 언어의 가장 깊숙한 층을 구축하며 그 퇴적작용은 말하는 존재의 형성과 거의 동시대적으로 이루어진다는 건가? 반대로 일본어에는 ‘나’와 ‘너’가 시선 교환을 통해 꾸준한 상호 침투 관계를 이루어 가는 대화 방식을 회피하는 온갖 메커니즘이 존재한다. 인칭대명사 ‘나’는 모든 특별한 상황을 초월하는 불변요소로 확언되지 않는다. 대화상대의 모습(사회적 위치, 성별 등)에 따라 그리고 진술의 상황에 따라 서로 다른 여러 형식들을 떠맡으면서 일본어의 '나'는 다형적인 존재로, 연속적인 존재들로 혹은 내재적 가치를 지니지 않는 일종의 **조커**처럼 나타난다. 부부 관계나 부자 관계에서 정서적으로 상정된 밀접한 관계[공생]는 융화적 관계에 파괴적으로 나타나는 '나/너' 같은 대명사의 이원적 사용을 배제한다. 호칭이나 애칭 표현의 부재는 아마도 거기에서 비롯했을지도 모른다…

나는 몇몇 일본 영화의 장면을 생각해 본다. 예를 들어 오즈 야스지로 감독의 〈이른 봄〉 혹은 〈초여름〉 같은 영화에는 두 인물이 서로 마주 보지 않고 옆으로 나란히 앉아 시선은 교차하지 않은 채로 대화를 나누는 장면이 자주 나타난다. 선불교의 사원에 자갈들로 만들어진 방대한 정원을 굽어보는 길고 널찍한 복도 가장자리에 두 남자가 나란히 앉아 있다. 그들은 앞에 펼쳐진 텅 빈 광경을 바라보면서 무의미한 몇 마디 말을 교환한다… 남자와 여자가 도쿄 외곽의 어느 역에 나란히 서서 기차의 도착을 기다린다. 그들은 하늘을 바라보고 비와 좋은 날씨 같은 사소한 일들에 대해 이야기를 주고받는다.

개인이 자율적 주체로 구성되기 어려운 융합적 관

계와 서로 마주보는 대화적 관계 사이에는 커다란 차이가 있다. 프랑스어를 배우고 그 안에 자리 잡고 머무르는 일, 말로써 거기에 다다르는 일, 그것은 도취적이면서 동시에 까다로운 그 이행을 체험하는 일이다. 나는 **무엇보다** 일본어로 말하는 존재라는 그 단단한 중심에 족쇄가 채워져 있으므로 틀림없이 그 이행의 끝에 도달하지 못하리라는 점을 생각해야만 한다… 내가 프랑스식 호칭에 안착하지 못하는 것이 바로 그 확실한 증거이다.

13.

호칭 사용을 초래하고 부추기는 상황에서의 불편함은 내가 프랑스에서 살던 초반부터 경험했던 그리고 결코 완전히 벗어날 수 없었던 또 다른 불편함을 떠오르게 한다. '안녕하세요(봉주르)' 혹은 '고맙습니다(메르시)'처럼 아주 간단하고 널리 알려진 프랑스어를 사용하는 순간에 찾아드는 불편함인데, 그것은 더없이 평범한 말로써 프랑스어를 모르는 사람도 시민으로 살아가기 위해 혹은 최소한의 소통을 위해 해야만 하는 말들이다.

'안녕하세요'나 '고맙습니다' 같은 말들은 인사나 감사를 표현하는 기본 제스처에 동반되는 보편적 어휘들이라고 생각한다. 그러나 잘못된 생각이다. 겉으로는 단순해 보이지만, 다른 곳에서 온 사람들에게는 정교한 사용을 요구하는 말들이기 때문이다. 그것이 프랑스어에 함축된 타자와의 특별한 존재 방식에 깊숙하게 연결되어 있다는 의미에서 그러하다. 프랑스어의 '안녕하세요'와 '고맙습니다'는 일본어에 내재된 것과는 사뭇 다른 **함께 존재함**을 상정한다. 나는 프랑스에서 '안녕하세요'와 '고맙습니다'라는 말을 일본어의 '곤니치와'(혹은 오하이요곤자이마스)와 '아리가토'처럼 사용할 수 없다는 것을 재빨리 깨우쳤다.

빵집, 담배 가게 혹은 작은 상점에서 사람들이 아무에게나 말하듯이 '봉주르, 마담 무슈' 혹은 간단하게 '봉주르' 혹은 단도직입적으로 '마담 무슈' 하며 들어서는 걸 보고 놀라웠다. 모르는 사람들에게 인사를 한다고? 그렇다, 프랑스에서는 그것이 아주 빈번한 일이다. 파리의 거리를 산책하거나 지하철을 타거나 공공장소 곳곳에서 벌어지는 광경들을 주의 깊게 살펴보기만 해도 알 수 있다. 반면에 일본에서 그런 제스처는 잠재적으로 어떤 관계를 창출하기 때문에, 받아들여질 수 없는 폭력으로 혹은 잘해 봤자 수상쩍은 무례함으로 비쳐질 수 있다. 사회생활은 한 개인이 모르는 사람(정치 혹은 조합의 투사들처럼 조직된 집단이 아닌)에게는, 즉 같은 공동체 집단에 속하지 않는 사람에게는 되도록 말을 걸지 않도록 이루어진다. 모르는 사람들이란 원칙적으로 수상하다. 일본에서는 매년 2월 3일에 '식인귀들을 밖으로, 집안엔 행복을!'이란 문구를 외치며 봄의 첫날을 축하한다. 이 외침에 동반되는 제스처인 투석행위는 밖에 돌아다니는 식인귀들에게 콩알을 던지는 것이다. 집안은 신성화되고 집 밖은 위험하고 악의적인 낯선 세력들로 가득 차 있다. 이로부터 순응주의적인 경향, 집단의 평화를 동요시키지 않으려는 욕망의 경향이 비롯한다. 역으로 보면, 자기가 속한 집단 이외의 타자와 접촉하는 일의 어려움도 그로부터 비롯한다.

프랑스에서 나는 자주 가는 빵집에 들어서면서 '봉주르, 마담 무슈'라는 인사를 한 번도 할 수 없었다.

도쿄에는 24시간 내내 문을 여는 편의점들이 있다. 자주 가지는 않지만 어쩌다 급히 살 물건이 있을 때면 집에서 가까운 그 가게들을 찾아가기도 한다. 두 개의 계산대 중 한 곳에 줄을 서고, 손님들이 지나가고 내 차례가 다가온다. 계산대의 점원들은 손님들에게 '아리가토고자이마스(대단히 감사합니다)'라고 인사한다. 하지만 손님 측에서 고맙다는 인사를 하는 경우는 거의 들어 본 적이 없다. 손님들이 입을 열 때는, 흔히 자신들의 우월함을 뻔뻔하게 강조하는('손님은 왕이다') 말을 하기 위해서 혹은 차마 듣기 힘든 오만함을 드러내는 경우일 뿐이다. 나로 말하자면, 언어 충돌의 효과로 인해 감사의 말을 덧붙이는 경향이 있는데, 나는 그것이 상인들을 당혹스럽게 하며 지나친 말이라는 걸 의식하게 된다. 그리고 프랑스에서는 말이나 침묵이 있어야 하는 자리에 그것이 과도하지도 결핍되지도 않도록 노력하는 일을 의식하게 된다. 요컨대 이 기본적인 짧은 말들을 하면서도 나의 정신은 한 번도 편안한 휴식 상태에 놓여 있지 않다.

관계 시작에 사용되는 말들이 빈곤한 일본어는 내적 공동체 형태의 사회성에 기반한 관계의 문턱을 넘어서는 일을 전혀 고무하지 않는다. 일본어는 서로 모르는 개인들을 극도의 예의와 최고로 세련된 정중함을 갖춘 태도로 연결하거나, 혹은 반대로 얼굴을 붉히게 하는 공격적인 몰상식의 태도로 연결한다. 타자에게 말을 거는 일의 어려움, 모르는 사람이나 타인과 관계를 맺고 이어 가는 일의 어려움, 그럼에도 불구하고 프랑스어로 나를 전달하려는 일의 실제적인 어려움은 모두 그로부터 비롯한다. 프랑스어로 말을 하면서도 나는 일본식의 **함께 존재함**의 울림과 흔적을 지워 버릴 수 없는 상처처럼 내면에 간직하고 있다.

내가 태어난 나라 특히 그곳의 언어는, 당신이 다른 세계에 사는 사람과 관계를 맺기 위해서는, 무엇보다 그 관계를 시작하는 제스처에 내재하는 폭력을 완화해야 한다는 듯이, 끊임없이 미안해하고 어디서든 양해를 구해야 한다. 용서를 구하는 말들이 거의 모든 감사의 말들을 대신하고 있다. 사랑을 요구하는 말들은 소리 내어 하지 않는다. '당신을 사랑합니다'(이것은 '나를 사랑해 주세요'라는 의미이다)라는 말은 '오늘 밤은 달이 아름답네요'라는 말로 만족해야 할 것이다.

키타노 타케시 감독의 영화 〈인형들〉(2002)을 본 적 있는가? 그 충격적인 사랑 영화에서 말은 거의 사용되지 않고 있다. 잊을 수 없는 한 장면이 내 머리에 스친다. 왕년의 우상이던 여가수가 자동차 사고로 얼굴이 흉해져 무대의 세계에서 사라져 버리는데, 그녀를 사랑하는 젊은 찬미자가 그녀와 함께 살기 위해 자신의 눈을 찌른 뒤 그녀 곁에 있으면서 그녀에게 받아들여진다. 그 남자는 "내가 보지 못하게 되는 것이 더 낫다고 생각했어요…"라고 말한다. 두 사람은 손을 맞잡고 멋진 장미 정원에 도착한다. 그들은 나란히 서 있다. 말을 나누지도 서로를 바라보지도 않는다. 유일하게 볼 수 있는 젊은 여자의 한쪽 눈은 붉은 장미 덤불, 불타오르는 붉은 장미를 바라본다. 그리고 수줍어하며 아주 짧은 말을 교환한다.

"향기가 좋네요."라고 눈먼 젊은이가 거의 어색하게 말한다.

"장미들이 모두 활짝 피었어요."

"정말요?"

한없이 단순한 두 개의 연속적 진술과 '정말요'라는 지극히 평범한 말로 이루어진 이 전격적인 짧은 순간의 대화 속에 사랑의 말이 다 담겨 있다.

프랑스어로 대화하는 상황에 들어섰을 때 나를 떠나지 않는 감정, 불안정한 상황에 놓인 두려움을 당신들은 상상할 수 있을 것이다.

14.

발음의 어려움은 그럭저럭 극복하게 된다. 문법과 통사론의 규칙들도, 비록 나처럼 다른 나라 그것도 아주 먼 언어 세계에서 온 외국인을 깊은 나락으로 빠트려 버리긴 해도 간신히 습득해 나갈 수 있다. 일반적인 시제 체계, 좀 더 특별하게는 역사적 진술과 담화 사이의 벤베니스트*식 구별, 과거시제에서 반과거의 위치와 기능, 이런 것들은 다양한 한정사들(특히 관사들)의 사용 못지않게 제거해야 할 속박, 넘어서야 할 장벽들이다. 그러나 이 같은 언어 작동의 규칙들은 개념화할 수 있고, 결국 막판에 이르면 제어 가능하다. 몇몇 어둠의 지대들은 항상 집요하게 남아있기 마련이지만… 철자, 문법, 어휘(적절하지 않은 단어 사용)에 관한 실수들은 당연히 빚어지며 결코 완전히 벗어날 수 없다. 그러므로 좋은 사전을 골라 절대 헤어지지 않을 오랜 친구처럼 늘 옆에 두고 지내야 한다. 모국어 사용자들에게도 온갖 종류의 부적절한 언어사용은 피해 갈 수 없는 일이다. 외국인들에게는 말할 것도 없다. 단지 실수와 서투름이 같은 방식으로 자리하지 않을 뿐이다. 내가 저지르는 실수들이 프랑스어 사용자인 내 친구들에게는

* Emile Benveniste 에밀 벤베니스트는 프랑스의 언어학자이다.

아주 이상해 보이는 반면, 프랑스 대학생들의 답안지들은 나를 매우 곤혹스럽게 한다.

이래저래 프랑스어는 나에게 끔찍하게 까다로운 구속의 총체로 보인다. 시오랑은 프랑스어를 '구속복拘束服'이라고 했다. 나에게도 약간 그런 것 같다. 프랑스어는 특별하게 나의 자유를 빼앗는 구속복이다. 하지만 프랑스어가 제한하는 그 광대무변의 한계들 한복판에서 가능한 자유를 추구하며 느끼는 즐거움이 있다. 일본 예술에서는 **주형(카타)**에 대해 자주 말한다. 그것은 예술가에게 주어진 **엄격한 형식**을 뜻하는데, 예술가는 자신을 표현하기 위해 충실하게 주형을 받아들이는 것 외에는 다른 방법이 없으며 모순되게도 그 안에서 독특한 개인적 표현의 자유를 찾아야 한다. 내가 프랑스어에 접근하는 모습에는 **가부키**[*]나 **노**[**]의 배우들이 실행하는 예술 행위 같은 면이 있을 것이다.

그 노력에 저항하는 것은 결국 영구적으로 작동하는 교환들, 내가 **중간 언어**의 효과들이라고 부르고 싶은 것에 속한다. 언어 습득 의지에 저항하는 것은 코드

---

* 음악과 무용의 요소를 포함하는 일본 전통극이다.

** 일본의 고전 예술 양식의 하나. 피리와 북소리에 맞추어 노래를 부르면서 춤을 추는 가면 악극이다.

체계로서의 언어가 아니라 그 수천 가지 작동 가능성들이다. 그 가능성들은 일반 대중의 말투에서부터 가장 정교한 문체적 모험에 이르는 방대한 언어적 실행에 걸쳐 있다. 그것은 말하는 동물인 우리 인간의 삶에서 이루어지는 고유의 문화 영역이다… 나는 일본어의 모든 체계를 완벽하게 습득한 로봇을 상상해 본다. 당연히 그 로봇은 나와 이야기하면서 자주 당혹스러워하고 방향을 잃을 것이다. 이따금 나는 테이블에 모여 앉아 즐겁고 활기찬 대화를 이어 가는 중에 갑자기 프랑스어 대화를 따라가지 못하는 일이 생긴다. 모인 사람들은 하찮은 일들과 조롱을 이어 가고, 너무도 프랑스적이고 때로는 지나치게 폐쇄적으로 빈정대는 프랑스식 유머를 구사하며 한껏 즐거워한다… 나는 그 안에서 길을 잃고, 귀로는 완벽하게 익숙한 단어들을 듣고 있지만 어찌할 바를 모르게 된다…

15.

프랑스어라는 거대한 집에서 마침내 나만의 작은 구석을 찾아냈다는 행복한 확신에 차서, 그 개인적인 공간을 밝히고 꾸미고 싶다는 줄기찬 욕망과 함께 그 여름에 읽었던 모든 문학 비평서 중에서 가장 인상적이고 매력적이던 책은 장 스타로뱅스키의 걸출한 작품인『장 자크 루소, 투명성과 장애』였다. 나는 그 책을 도쿄의 한 서점에서 구입했는데, 그곳은 외국 서적들에 중요한 자리를 할애하고 있던 대형서점이었다. 4층이었던 걸로 기억한다. 강의가 끝나면 나는 그 서점에 자주 들렀다. 나는 곧장 4층으로 올라갔는데 그곳은 좀 더 널찍한 데다 사람들로 붐비는 일이 결코 없었다. 나는 프랑스 서적들을 바라보고 그 앞에 서서 몇 권을 집어 뒤적이는 걸 좋아했다. 앞서 길게 설명한대로 나는 당시에 루소의 작품에 흥미를 느끼고 있었다. 장 스타로뱅스키가 '신비평'이라는 이름으로 분류되는 프랑스 문학 비평의 중요한 인물 중 한 사람이라는 것도 알고 있었다. 신비평은 롤랑 바르트가 레이몽 피카르와 대립하며 벌였던 유명한 논쟁에 뒤이어 나타난 비평 흐름이었다. 당시 출간 중이던 플레이아드판 목록의 루소 전집과 관련된 친숙함 덕분에 스타로뱅스키가 루소 연구에서 중요한 자리를 점유하고 있다는 사실 또한 알고 있었다. 나는『장 자크 루소, 투명성과 장애』를 샀던 날을 스스로도 놀랄 정도로 선명하게 기억한다. 갈리마르 출판사의 그 압도적인 '이데' 총서('텔' 컬렉션은 아직 나오기 전이다) 중 하나였다. 내 눈높이의 한 선반에 루소에 관한 몇몇 책들이 분류되어 정렬되어 있었다. '투명성'과 '장애'라는 두 단어와 결합된 스타로뱅스키의 이름이 나의 눈길을 끌었다. 그의 이름이 내 시야에 들어왔다. 내 손이 앞으로 나아갔고 빛나는 흰색의 표지가 즉각적인 매혹을 행사하던 그 책을 집어 들었다. 나는 책을 뒤집어 맛을 보듯 천천히 뒤표지의 글을 읽었고 거기에서 나에게 운명 지어진 미래의 현시를 보았다는 생각이 들었다.

루소의 작품은 근대 사회의 거짓에 대한 고발로 시작한다. 루소는 그 가면들을 뜯어내고 있다. 그는 무엇을 보고 있나? 존재와 외양은 일치하지 않는다는 것. 예의의 겉치레에도 불구하고 사람들은 서로서로 전쟁을 벌이고 있다는 것. 스스로 자유롭다고 생각하면서도 그들은 견해에, 즉 그들이 타인의 시선에 제공하는 이미지에 예속되어 있다는 것이다. 부와 명성의 추구는 이러한 '소외'를 완성한다. 작금의 논쟁에 대한 담론이 분명하게 읽히는, 문화에 대한 이러한 비판은 우리를 여러 의식들의 분리 속에 처하도록 언도하는 모든 것에 대항하는 논고이다. 그 자리에 장 자크 루소는 즉각적인 삶인 **투명성**이 세워질 것을 희망하고 있다.

책의 핵심 구조로 제시되었던 그 글귀에 나는 단박에 감동받았다. **투명성**은 의식들의 분리, 존재와 외양의 결렬에 대한 치유이다. 루소의 『학문예술론』에서 내가 매혹되었던 인간 실존의 문제를 거기에서 예기치 않게 다시 발견한 것이다. 내가 루소의 책에 매혹되었던 이유는 당시 내가 앓고 있던 언어의 병에 대한 심오한 답을 구성하고 있는 듯이 보였기 때문이었다. 나는 주저 없이 스타로뱅스키의 책을 샀다. 이제는 노랗게 변색이 되어 더럽혀지고 조금은 망가진 그 책을 나는 여전히 가지고 있다. 갈피마다 끼워 넣은 작은 종이들로 두꺼워진 그 책은 나의 흔적들과 증언들로서 어떤 페이지들은 굵게, 때로는 이중으로 밑줄이 그어 있기도 하다. 책의 걸장 맨 위에는 3,190엔이라는 가격이 표시되어 있고 맨 마지막 페이지에는 책을 구입한 날짜와 내 이름이 연필로 적혀 있다. 1972년 11월 25일 토요일, 미즈바야시 아키라. 먼 과거에 적은 작고 가늘고 정성 들여 쓴 글씨체는 마치 다른 사람의 것처럼 보인다. 학생에게는 꽤 비싼 가격이었지만 나는 절망하지 않았다. 나날의 자질구레한 소비를 위해 매달 만 엔의 용돈을 갖고 있었던 것이다. 책에 관한 한 나는 무제한의 예산을 활용했다. 아버지는 늘 말씀하셨다.

“읽기만 한다면, 책을 사는 것보다 더 좋은 구매 행위도 없다. 네가 필요로 하는 책이고 읽을 거라면 원하는 만큼 마음대로 책을 사거라. 하지만 읽지 않을 거라면 화장실 휴지로도 쓸 수 없으니 그보다 더 비싼 것도 없다.”

나에게는 그토록 중요해 보였던 책이지만, 삼십 년이 지난 지금 물가가 상당히 오르긴 했어도 학생들에게 3,000엔, 대략 25유로에 해당하는 책을 사도록 권고하는 일은 조금 불편하긴 하다. 당시 나는 450쪽의 그 책이 나를 부르고 있다는 예감이 들었기에 그것을 사지 않는다는 건 말도 안 된다고 생각했다. 그렇지만 용납할 수 없는 그 엄청난 금액에 대한 의식은 있었다. 학업을 위한 비용이 터무니없이 비싸지고 신자유주의 세계화에 연결된 사회적 폐해들이 학생들의 삶과 생활 전반을 약화시켰다는 것은 사실이다… 하지만 그럼에도 불구하고…

그리하여 나는 『투명성과 장애』를 샀다. 대학 3학년이었고 프랑스어를 배운 지 2년 반이 되어 가는 즈음이었다. 나는 즉시 스타로뱅스키의 책 앞부분을 읽기 시작했지만 제네바 비평가의 언어는, 비록 최상의 의욕에 고취되어 있고 배우려는 열망에 불타올라 있을지라도 초심자가 쉽게 이해할 수 있는 성질의 것이 아니었다. 고생하며 읽기 시작하여 열심히 파헤쳐 가던 그 탐색의 어디쯤에서 내가 몽펠리에로 출발했는지 잘 기억이 나지 않는다. 오십 쪽쯤 해독했나? 그래, 백 쪽은 읽었나? 그럴 리가 없다. 확실한 건, 1974년 그 여름에 스타로뱅스키의 그 대단한 책을 처음부터 끝까지 읽었다는 것이다. 게다가 책 뒤의 마지막 페이지에 일본어로 써 놓았던 구입 날짜 밑에 '1974년 여름 몽펠리에에서 완독'이라고 적어 놓았다. 좀 더 밑에는 1975년 여름에 그 책을 두 번째로 읽었다는 또 다른 메모가 적혀 있었다.

두툼한 『투명성과 장애』 속으로 한 걸음씩 침투해 들어가면서 나는 우선 스타로뱅스키의 독법에 강한 인상을 받았다. 그는 『고백』에 서술된 유년의 추억을 『학문예술론』의 중요한 주제에 연결시키고 있었는데, 그 주제는 **존재**와 **외양**이라는 두 개의 모순된 심급으로 갈라졌기 때문에 타락해 버린 인간 존재의 고발에 관한 것이다. 문제가 된 것은 그 유명한 깨진 빗에 관한 에피소드이다. 『최초의 담론』의 독서에서 근대성의 문턱에서 태어난 이 남자의 핵심적인 문제의식이 그 내면적 분리, 즉 인간을 그 자신과 타자와의 갈등에 내놓는 그 내적인 분리를 중심으로 조직되어 있다는 생각이 어렴풋이 들었고, 그것은 우리 시대에도 여전한 문제의식이며 특히 **나의 문제**라고 생각했다. 그러나 나는 그 문제를 간직한 채, 그것이 어떤 방식으로든 이야기의 예술에 속하지 않는, 엄밀하게 말해 문학에 속하지 않는 이론적 글쓰기 안에서 진술된 것이고 그렇게만 진술될 수 있는 테제라고 판단했다. 그렇기에 『투명성과 장애』의 첫 부분에서 스타로뱅스키가 『학문예술론』의 비판적 입장과 『고백』에 서술된 극적인 체험의 기억 사이에서 어떤 접근을 실행했을 때 굉장히 놀라웠다. 아래의 인용문은 이 비평가가 어떻게 자신의 질문을 형식화하는지, 존재와 외양이라는 대립된 주제의 분출을 촉발했을 **최초의 감동**을 어떻게 질문하고 있는지를 보여 준다.

존재와 외양의 불일치는 그러므로 루소가 기울인 관심의 비판적 행위 끝에서야 비로소 밝혀진 것일까? 그의 사유에 깨달음을 주었던 것은 차분한 비교인가? 독자는 그것을 의심해 보고 싶을 것이다. 외양이라는 주제가 당시의 지적 어휘에서 얼마나 많이 통용되던 것이었는지를 알면, 독자로서는 루소가 자기 성찰의 진정한 출발점과 자신의 본래적 충동을 거기에서 발견했다고 인정하기를 주저할 것이다. 그러한 사유를 그 근원과 기원에서 포착할 수 없다면 최초의 감동, 더 내밀한 동기 유발을 찾아내기 위해 더 깊숙한 심리적 수준으로 거슬러 내려가야 하지 않을까? 그런 중에 우리는 더 이상 수사학적인 평범함이나 체계적인 관찰자로서의 대상이 아닌, 내밀한 극작법의 형태로 나타나고 있는 외양의 마력을 발견하게 될 것이다.

어린 장 자크는 자신의 후견인이던 랑베르시에 목사의 여동생 랑베르시에 양의 빗을 부러뜨렸다는 비난을 받는다. 그런데 장 자크는 자신의 결백에 대한 절대적 확신을 갖고 있었다. 이것이 작가가 오십 년이 지난 후에 털어놓은 사건의 핵심이다. 그리고 그는 자신이 결백하다는 불굴의 신념에 대한 의식과 그를 비난한 사람들 사이를 갈라놓는 그 무한한 거리를 강조하면서 이야기를 마치고 있다. 그때부터 작가의 모든 노력은 사라진 통일성, 그[자신이 생각하는]의 유년과 세상[사람들이 생각하는 그]의 유년 사이의 근원적 통일성을 되찾는 일이 될 것이다. 삶과 글쓰기에 대한 그의 모든 기획은 거기에 있다.

그때까지 나는 루소가 다양한 형태 아래에서 심오

하게 분열된 사람이라는 생각을 갖고 있었다.『사회계약론』의 사상가는 정치 철학 혹은 법학부의 정치학 서지 목록에 통합되어 속해 있다.『에밀』의 저자는 교육학 분야에서 접근하는 교육 사상사에서 선택적 지위를 차지한다.『누벨 엘로이즈』와 여러 내밀한 글들(『고백』『대화』『몽상』)의 작가는 문학사에서 분명 아주 중요한 인물이었다. 음악가 루소, 즉 〈마을의 예언가〉의 작곡자이며『음악사전』『프랑스 음악에 관한 서한』의 저자인 루소는 차치하고라도 말이다. 예외적인 몇몇 위대한 교수들을 제외하면『누벨 엘로이즈』나『고독한 산책자의 몽상』을 읽은 법학 교수가 몇 명이나 되겠는가? 프랑스 문학을 가르치고 배우는 선생들이나 학생들 중에서『사회계약론』에서 언급한 공화국*res publica*의 구성에 진정으로 감동받았다고 느끼는 사람이 몇이나 될까? 스타로뱅스키의 걸작이 내 앞에 출현한 것은 일본에서는 한 번도 재고되지 않은 채 부정되어 온 이러한 해석학적 관심의 **분산**이라는 맥락에서였다. 그것은 문학에 대한 또 다른 개념화의 제시였다. 즉 상상적 세계에 대한 구성적 전개로서의 문학, 한 개인의 심적이고 정신적인 삶의 전체성에 관련된 동기들의 총체적 조직화로서의 문학. 그때부터 비평가의 노력은 작가의 정신적 활동을 여러 층위의 분리된 영역들로 구분하는 대신, 그 복수성 자체를 통합하려는 노력에 있게 되었다.

루소의 작품에 대한 **통합적** 횡단을 모든 다양한 주제들과 언술 형식의 변주들 안에서 기획하는 일, 결국 그것이 내가 엄중한 호위 하에 따라가고 되밟아야 하는 길이다. 그것은 우선 각각의 책을 그 고유의 개별성 안에서 검토하는 일이지만, 무엇보다도 그 책들을 모두 탐색하고 측량하면서 답파하는 일이었다. 그리하여 각각의 책들이 거대한 단 하나의 작품을 형성하듯이, 커다란 하나의 정원을 구성하여 그 안에 모여든 세부적인 요소들이 조화로운 하나의 풍경을 만들어 내야 했다. 문학은 이제 더 이상 현학적이고 박학한 양상 아래서 고려되지 않으며, 그 장식적이고 오락적인 기능 안에서도 고려되지 않는다. 오히려 문학은 이제 한 존재의 전부, 한 인간의 생명 에너지 전체가 관여되는 본질적인 **경험**으로서 고려된다. 말하자면 무한히 진지한 문자 활동으로, 그로 인해 작가의 모든 실존이 형성되고 글 쓰는 주체의 개인성에 고유한 세계 전체가 창조되고 건설되며 공들여 다듬어지는 것으로서 고려된다.

그리하여 나는 다시 『투명성과 장애』의 서문으로

되돌아간다. 루소의 작품을 동반자로 삼겠다는 나의 의지가 확고한 결심으로 다가왔던 그 황홀한 순간을 내 기억 속에 오래도록 간직할 것이다.

모험가, 몽상가, 철학자, 반反철학자, 정치이론가, 음악가, 피해망상증 환자, 장 자크 루소는 이 모든 사람이었다. 작품이 제아무리 다양해도 우리는 그것이 위의 어떤 양상도 거부하지 않을 단 하나의 시선에 의해 주파되고 인지될 수 있다고 믿는다. 그 작품은 주제들과 모티프들을 충분히 암시할 정도로 자체적으로 풍부하며 이러한 것들은 우리로 하여금 그 분산된 성향들과 동시에 그 의도들의 통일성 안에서 작품을 포착하도록 해 준다. 우리의 관심을 순수히 작품에 내줌으로써 그리고 너무 성급하게 단죄하거나 용서하지 않음으로써, 우리는 장 자크의 행동들을 지배하고 그의 활동의 방향을 거의 영구적으로 결정하는 이미지들, 집요한 욕망들, 향수들을 만나게 될 것이다.

단어의 선택과 구문의 배열에서 단순한 아름다움과 최상의 효용성을 보여 주며 나를 감동시킨 이 글을 접하면서, 문학은 나에게 **프랑스어**라는 간접적인 수단을 통한 특별한 장소와 공간이 되었다. 문학은 기획들, 희망들, 후회들, 비밀들, 기다림들, 실망들, 기쁨들, 슬픔들, 무모함들, 소심함들, 고백되고 고백되지 않은 성향들이 그 화려한 증식 안에서 명상되는 장소, 요컨대 우리가 **욕망들**이라는 이름 아래 삶을 지탱하고 붙들어 매는 모든 것을 모아들일 수 있는 장소이다.

1975년 12월 나는 「장 자크 루소 연구 : 의식의 균열에서 희열로」라는 제목의 학사 논문을 손에 들고 도쿄로 돌아왔다. 그것은 프랑스식으로 제본된 백여 쪽에 달하는 타이핑된 논문이었다. 그것을 작성하는 일은 마치 분만의 고통과도 같았다. 하지만 동시에 그때까지 한 번도 경험하지 못한 기쁨의 전율 또한 느꼈다. 나는 지체한 출생 신고서와도 같은 이 첫 번째 작업을 두 사람에게 바치는 걸멋을 부렸다. 한 사람은 모리 아리마사였다. 그는 내가 직접 아는 사람은 아니었고 내가 도쿄로 돌아간 후 몇 달이 지나 작고했기에 결코 만날 수 없는 사람이었다. 또 한 사람은 미셸이었는데, 나의 **재탄생**은 물리적이고 정신적인 의미에서 그녀의 도움을 받아야 했다.

이제 나의 미래는 프랑스어의 영향권 아래서만 볼 수 있었다. 나를 사로잡았고 내 안에 살고 있었던 프랑스어는 이제 내가 돌보고 살아 내야 하는 언어가 되었다. 나는 프랑스 여자와 결혼하게 될 것이고, 또한 무엇보다 프랑스어와 결혼하게 될 것이었다.

III. 파리-도쿄 PARIS-TOKYO

1.

일본의 대학 교육에서 논문 작성은 최종 단계에 해당한다. 나는 1976년 2월에 도쿄 외국어 국립대학에 논문을 제출하고 학사 학위를 받았다. 나는 직업을 찾고 생활 전선에 들어서는 일은 한순간도 생각하지 않았다. 오직 계속해서 프랑스어와 깊은 관계를 맺고 그것을 끊임없이 개선시키는 기회를 최대한으로 확보하기 위해 석사와 박사 과정을 이어 가겠다는 생각만 했다. 그리하여 도쿄 대학 박사 과정에 응시하여 입학 허가를 받았다. 첫해에는 강의를 들었다. 두 번째 해에는 석사 논문 작성에 집중했고 앞선 논문을 꽤 발전시켜 완성했다.

일본의 박사 과정에 개설된 수업에서는 그다지 많은 걸 이끌어 내지 못했는데, 그 까닭은 교수자들이 지루한 번역 연습(그것의 유일한 목표는 오역의 통제에 있었다)만을 제안했기 때문이었다. 이는 우리의 수준이 언어, 특히 문학 언어의 숙달에 여전히 미치지 못했던 점을 감안하면 이해가 되기도 했다. 몽펠리에에서 자크 프루스트 교수 곁에서 그리고 CFP의 열정적인 교사들 곁에서 배웠던 것, 혹은 단 4주 동안 보르도의 그 젊은 문법학 강사에게서 배웠던 것과 비교하면 얼마나 큰 차이가 나던지! 지금 생각해 보면 오직 두 개의 강의만이 내 기억에 남아 있다. 우선은 와타나베 모리아키 교수의 강의로 그는 폴 클로델의 『5대 송가』를 설명해 주었는데, 매 수업마다 텍스트를 인상적으로 암송하면서 시작했다. 지금까지 만난 일본의 교사들 중에서 와타나베 모리아키는 연극적 낭독에 대한 그의 취향과 재능으로 텍스트를 큰 소리로 읽는 일을 중요시했던 유일한 선생님이었다. 그는 성대 구조 속에서 텍스트를 진동시킴으로써 바그너의 교향악과도 같은 효과를 자아내어 클로델의 텍스트에 **실체**를 부여하는 데 이르렀다. 내가 즐겁게 기억하는 또 다른 강의는 하스미 시게이코 교수의 수업이었다. 그는 소설과 비평 작품의 일부를 발췌하여 그것을 그저 일본어로 변환시키는 일로 그치지 않고, 플로베르의 작품에 근거하여 19세기 한복판에서 문학의 변모와 실행에 관한 매우 흥미로운 지적과 관찰을 이어 나갔다. 이 두 강의에서 정신을 함양시키고 풍요롭게 하는 많은 것을 얻은 것은 분명한 사실이다. 그 나머지 수업들은 거의 망각 속으로 사라져 버렸다.

도쿄에서 보냈던 1976년부터 1979년까지의 시간, 즉 에콜노르말의 연구생이 되기 직전까지의 3년은 많은 아쉬움이 남았던 박사 과정의 수업보다는 개인적으로 홀로 몰두해야 했던 작업에 더 의미가 있었다. 예를 들면 나는 문학 연구 분야에 특화된 세 개의 프랑스 잡지 『시학』『문학』『인문 과학잡지』에 실린 매우 흥미로워 보이는 논문들을 읽어 내려고 노력했다. 그런 다음, 몽펠리에에서 열심히 실천했던 강독 수업의 연장선에서 몇몇 책들(바르트, 풀레, 리샤르, 주네트, 스타로뱅스키 등)을 다시 읽었고, 다른 책들(A.J. 그레마스, 필립 르죈, 레오 스피처의 책들과 필립 아리에스 같은 역사가들, 미셸 푸코와 하버마스 등의 철학자들)도 처음으로 읽기 시작했다. 루소 전공자로서 나의 작업을 좀 더 멀리 진척시키려면 고전적이거나 전위적인 위대한 비평서들을 읽고 또 읽어야 했을 뿐만 아니라, 역사 혹은 철학 같은 인접 학문 영역도 탐색해야 한다는 사실을 인정했다. 내가 흥미를 가졌던 것은 문학 분석의 엄격한 방법론, 즉 연구 대상에 적합한 작업 도구 일체를 얻어 내고, 프랑스인들이 문학을 질문하는 방식(말하자면, 프랑스 문학 비평의 몇몇 경향의 옹호자들)에 친숙해지는 일이었다. 그렇게 해서 문학에 말을 걸고 그것을 노래하게 하는 일, 가장 다양한 효과들이 빚어내는 화려함 속에서 문학이 울려 퍼지게 하는 일이었다.

중학교 때부터 대학 시절까지 일본 문학 텍스트의 이해와 해석에 관한 일, 즉 객관적으로 관찰 가능한 언어학적이고 텍스트적인 현상들의 세밀한 검토에 근거한 **방법론적 접근**에 관해서는 아무것도 몰랐고 아무것도 배우지 않았다. **완전히 아무것도 몰랐다**. 학생들은 전적인 자유를 누렸지만 그 자유가 노예 같은 맹목 상태를 일컫는 또 다른 말이라는 걸 몰랐다. 학생들에게 "당신이 생각하는 바를 **자유롭게** 쓰세요."라고 말했지만 그들이 자유로울 수 있는 어떤 도구도 주어지지 않았다. 생각하기 위한, **거슬러서** 생각하고 자기 스스로 생각하기 위한 도구, 다시 말해 그들을 자유롭지 못하게, 생각을 못 하도록 혹은 같은 말이지만 생각하지 않도록 강요했던 음험한 세력의 압제로부터 해방될 수 있는 도구가 주어지지 않았다. 요컨대 그들을 **자율성**에 접근하도록 해 주는 어떤 수단도 주지 않았다. 그것은 **계몽 시대**의 경험이 일본 학교의 중심부에까지 침투한 적이 없었다는 뜻일까? 아무튼 학생들은 자기들이 자유롭다고 생각했지만 그들은 저 자신의 무지에 매여 있는 노예들이었다. 물론 그들의 머릿속도 뭔가로 가득 채워져 있었지만, 자기 자신 속에 갇혀 있었고 바로 그로 인해 **비사유** 속에서 만족하고 있었다. 학교는 이러한 무지와 예속 상태를 유지시키기 위해 모든 일을 다 했다.

바로 이런 이유 때문에 나는 자크 프루스트의 **징후적 강독**에 그토록 동요되었고 전복되었던 것으로 기억한다. 그리고 그것은 또한 내가 그토록 깊이 열광하며 장 피에르 리샤르와 조르주 풀레의 저서들 특히 장 스타로뱅스키의 엄격한 비평 방식에 그토록 강하게 매혹되었던 이유이기도 하다.

서사학의 위대한 종합으로 유명한 제라르 주네트의 『문채III Figures』를 읽은 것도 바로 그런 식이었다. 장 미셸 아담의 방대하고 매우 교육적인 『언어학과 문학 담론』도 정말 재미있게 읽었다. 나는 그 책의 풍부한 서지들에서 도움을 받았으며, 특히 클로드 뒤셰와 같은 19세기 전공자들이 개척한 사회 비평의 탐색 영역으로 방향을 잡아 가게 되었다.

나는 2년 만에 석사 논문을 작성했고 성공적인 심사를 거쳐 박사 학위의 제2 과정을 통과했다. 나는 프랑스 대사관이 주관하는 정부 장학생 선발 고사에 응시하여 또다시 프랑스에 체류하며 공부할 계획을 오래전부터 품어 왔다. 1978년 가을에 시험에 응시하여 꽤 좋은 성적으로 합격하였고 문화 담당관 개인이 추천하는 울름가의 에콜노르말에 입학 제안을 받았다. 원래는 몽펠리에로 돌아가서 자크 프루스트의 지도를 받으며 공부할 생각이었지만 그토록 오래 숙고해 왔던 계획은 울룸가의 생활에 대한 전망으로 동요되었다. 몇 주간의 주저 끝에 결국 에콜노르말을 선택하기로 했다. 몽펠리에의 스승으로부터 멀리 있게 될 위험을 상쇄할 만한 가치가 있는지에 대해 당시로서는 가늠할 수 없었지만 나는 또 다른 만남들과 혜택들을 생각했다. 자크 프루스트에게 편지를 써서 고통스러운 결정이었지만 희망 가득한 방향 전환을 알리고 에콜노르말에서 나를 지도해 줄 만한 교수를 추천해 달라고 했다. 그는 정중하게 나의 결정을 격려해 주는 답장을 보내왔다. 그 역시 에콜노르말 출신이었기에 울름가의 생활이 젊은 시절의 지적 훈련에 특별하고 귀중한 경험이 될 수 있다고 조언할 수 있었다. 그리고 내가 써야 할 논문 지도를 위한 교수로는 클로드 뒤셰의 부인이자 그즈음 내가 발견했던 『계몽기의 인류학과 역사』의 저자인 미셸 뒤셰를 추천해 주었다. 그리하여 미셸 뒤셰에게 편지를 썼고 그녀는 나를 논문 지도 학생으로 받아들여 주었다. 그렇게 해서 1979년 9월, 울름가 45번지에 자리 잡기 위해, 외국인 연수생의 자격으로 3년 이상의 에콜노르말 생활을 청춘만이 누릴 수 있는 강렬함으로 공유하기 위해 파리로 출발했다.

2.

프랑스로 떠나기 전에 나와 나의 동반자는 약간의 돈을 모으기 위해 1979년 여름 내내 도쿄의 어학 학교에서 일을 했다. 프랑스 정부가 지원하는 일본 장학생들의 재정 상황이 몇 년 전부터 많이 바뀌었던 것이다. 매달 받는 장학금으로는 파리에서 웬만큼 살아가는 일이 충분하지 않다고 했다. 장학금은 부분적인 도움이 될 뿐이었다. 우리는 3년 혹은 4년 동안 둘이서 살아가고자 했다. 내가 매달 받을 금액으로는 5구의 작은 스튜디오 월세만 지불할 수 있을 뿐이었다. 그러므로 돈을 좀 모아야 했다.

미셸은 도쿄에 온 이래로 그 어학 학교에서 일하고 있었고 나 역시 도쿄 대학의 박사 과정에 있으면서 몽펠리에에서 받은 자격증으로 매주 몇 시간씩 수업을 했다. 나는 몽펠리에에서, 즉 CFP와 다른 곳에서 배운 모든 것을 활용했고 그럭저럭 잘 헤쳐 나갔으며 심지어 아주 잘 가르치기도 했다. 프랑스어를 향한 열정, 프랑스어를 전유하고자 하던 나의 열정은 그것을 가르치려는 열정으로 아무 충돌 없이 변환되었다. 프랑스어를 가르치는 일은 학생들, 대부분 나보다 나이가 많고 때로는 훨씬 연장자들인 학생들과 프랑스어에 대한 나의 사랑을 함께 나누는 일이었다. 프랑스어에 정착하면서 내가 이끌어 냈던 즐거움, 감히 말하자면 프랑스어에 **입주**한 나의 경험, 나 자신으로부터 **벗어나** 다른 누군가가 되어 가려던 행위에서 길어 냈던 모든 기쁨을 전달하는 일이었다. 그것은 또 다른 세계, 다른 세상에 합류하기 위한 일이었고, 요컨대 그 언어 안에서 숨쉬던 사람들, 그 언어를 통해 살아가고 느끼고 자기 자신을 느끼던 사람들의 자리에, 그들의 피부 속에 나를 들여놓기 위한 것이었다.

하지만 떠나야 했다. 배움의 기간이 끝났다는(게다가 그런 날이 오기는 할까?) 생각이 들지 않았기 때문이었다. 나에게는 내가 선택하고 결혼하여 평생 떠나지 않겠다고 약속한 동반자인 그 언어 한복판으로 더 더욱 깊숙하게 **침잠**하려는 욕망밖에 없었다.

내 나라를 떠나면서 막연하고 은근한 단 하나의 걱정은 있었다. 허약해진 아버지를 최소한 삼사 년은 떠나 있어야 했던 것이다. 그것은 내가 돌아왔을 때, 말은 안 하셨지만 내 마음 깊은 곳에 프랑스어에 대한 욕망을 불어 넣어 주었던 그 아버지를 다시 볼 수 있을지를 자문하기에 충분한 세월이었다. 아버지의 연세가 아주 많지는 않았지만 심장병을 앓고 계셔서 허약해진 상태였다. 내가 파리에서 해야 할 일을 모두 마쳤을 때 아버지를 다시 볼 수 있을까?

3.

파리에서 우리의 삶은 5구에 있는 에콜노르말을 중심으로 이루어졌다. 나는 울름가 46번지의 부속건물인 **누추한 기숙사 방**을 공부방으로 사용했다. 우리는 에콜에서 아주 가까운 리오네가에 원룸도 얻었다. 매일 아침 일찍 나는 리요네의 원룸을 떠나 그 **누추한 방**으로 공부하러 갔다. 정오가 되면, 소르본 대학에서 프랑스어 교수법 교육과정을 다시 밟는 미셸이 에콜노르말로 찾아와 그곳 **식당 밥**을 함께 먹었다. 저녁에는 **식당**

밥을 먹거나 우리의 원룸에서 식사를 했다. 그것이 가장 자주 되풀이되던 일상이었다.

매주 월요일 저녁에는 5시부터 7시까지 파리 7대학의 '텍스트와 문서 학과'에서 조르주 벤레카사 교수와 합동으로 미셸 뒤셰 교수가 주관하던 계몽기에 대한 세미나에 참여했다. 뒤셰-벤레카사 세미나에서 인상적이었던 점은 집단 체제 형식의 교수법이었다. 세미나에는 엄밀한 의미의 학생들 못지않게 다양한 출신의 교수자들이 많이 참여했다. 매 수업마다 교사이자 연구자인 검증된 참석자들, 즉 파리 7대학이나 다른 대학 혹은 중등교육 기관의 교수자들이 돌아가며 발표를 맡았다. 나와 같은 박사 과정의 학생들 역시 진행 중인 연구의 일부를 세미나에 참석한 교수들과 학생들 앞에서 발표를 하도록 초대받았다. 세미나는 교사를 양성하거나 교수법을 가르치는 형식으로 이루어지지 않았다. 그것은 차라리 교수자들 사이의 집단 성찰의 공간이었고 그 안에서 학생들은 계몽기에 관련된 질문들을 중심으로 의견을 교환하고 토론에 참여하는 특권을 누릴 수 있었다. 나는 이런 식의 특별한 수업 방식에 만족했는데, 양질의 여러 발표를 들을 수 있었고 그로 인해 좋은 발표의 필수 조건을 깨우칠 수 있었기 때문이다. 나의 발표 차례가 되었을 때 그다지 당황스러운 느낌은 들지 않았다. 끊임없이 내 머리를 맴돌았던 그 아르부아 포도주 일화에 관한 성찰을 소개하는 기회로 삼았던 것이다. 이때의 발표 내용을 대폭 수정한 것이 차후 내 박사 논문의 한 챕터를 이루게 된다.

나는 익히 들어 알고 있던 저명한 교수들의 공인된 몇몇 강의 혹은 내가 감탄하며 읽고 관심을 가졌던 책과 논문의 저자들이 하는 강의를 여기저기 찾아다니며 들었다. 하지만 자크 프루스트 교수와 같은 진정한 만남은 갖지 못했다. 유명강의들을 이따금 찾아가긴 했지만 지루하거나 제대로 준비되지 않은 발표만으로 진행되는 수업은 서너 번 들은 후에 포기해 버렸다.

에콜노르말과 파리 7대학의 세미나 외에 드나들었던 수업들 중에서 아직도 즐겁고 놀라운 기억으로 남은 것은 롤랑 바르트의 콜레주 드 프랑스 강의이다. 삼십 년이 지난 지금, 바르트의 그 길고 긴 독백의 시간들 중에서 몇몇 특별한 순간들이 떠오르는데, 그 수업의 참고 문헌은 **문학 전체**였다. 바르트는 취임 강연에서 입가에 살짝 미소를 머금고 그렇게 예고했었다. 근대적인 의미에서 문학이란 동사의 자동사적 의미에서 글을 쓰는 행위의 결과라고 말할 수 있으며, 바르트에 따르면, 그런 의미에서 근대 문학은 루소와 함께 시작한다. 그런 자격을 얻어 바르트가 첫해에 설명한 작가는 루소였다. 글 쓰는 행위의 수신자와 대상을 동시에 지워 버리는 듯한 이상한 텍스트인『몽상』의 저자에 뒤이어 디드로, 샤토브리앙, 플로베르… 그리고 지금은 기억나지 않는 다른 몇몇 작가들이 다루어졌다. 콜레주 드 프랑스의 가장 큰 강의실 중 하나에서 이루어진 그 강의에는 수많은 수강생들이 모여들었다. 바르트의 책상 위에는 마이크들과 작은 녹음기들이 즐비하게 놓여 있었다. 녹음기들의 소유자로 보이는 스무 명도 더 되는 젊은이들(스물다섯에서 사십 대까지)이 선생을 에워싸고 있었다. 그 모습이 조금은 왕과 조정의 신하들처럼 보였다. 그것은 나를 당혹스럽게 했던 이상한 광경이었다. 나 역시 녹음을 위해 도구를 준비했지만 그 신하들 무리에 끼어들 엄두가 나지 않았다. 내 안의 무엇인가가 맹목적 숭배에 가까워 보였던 그 태도에 저항하고 있었다. 그리하여 녹음기 없이 강연에 계속해서 참석했다. 하지만 1980년 3월 어느 날, 롤랑 바르트의 급작스러운 사라짐[죽음]은 매주 찾아가던 콜레주 드 프랑스의 강의를 끝내게 했다. 나의 귀에는 부드럽고 따뜻하며 비음이 살짝 섞인 롤랑 바르트의 목

소리가 남아 있다. 그로부터 몇 달 후에 프랑스 퀼티르 라디오 방송을 통해 그의 목소리를 다시 듣게 되었다. 클로드 모포메가 진행하던 프로그램인 〈그것이 어떻게 들리나요?〉(혹은 〈이기적인 콘서트〉였나?)라는 방송이었는데, 거기에서 바르트는 〈펠리아스와 멜리장드〉에 관한 여러 버전 중에서 자기가 좋아하는 것은 역사적인 로제 데소르미에르의 버전과 샤를 판제라의 **목소리**와 **노래**라고 말하고 있었다. 그것은 내가 그때까지 한 번도 들어 보지 못한 것이었다. 음악 비평 담론과 거리를 두는 그의 방식 안에서 바르트가 LP판 등장 이전의 이 가수에게 어떤 위치를 부여하고 있는지 나는 몰랐다. 그 유명한「목소리의 결」에서 바르트는 판제라를 의미화의 횡포로부터 노래를 해방시킬 수 있는 성악가로 칭송하며 디트리히 피셔 디스카우를 희생시키고 있다. 이 기호학자에게 디트리히는 LP판 이후의 모든 문화의 상징적 가수이고, '표현적이고 극적이고 **감정적으로 분명한** 예술, **결**이 없는 목소리 즉 기표의 무게가 없는 목소리에 실린' 예술을 실행한다. 내가 찬미하는 피셔 디스카우가 모든 성악 LP판을 지배하는 사람으로 여겨지고 결과적으로 대중문화의 근본적 특징인 '충만을 통한 실증적 검열'을 시행하는 것으로 고려되는 모습은 나를 괴롭게 한다. 그렇지만 바르트가 음악 문화에서 단절의 지점을 지적해 냈다는 사실은 부인할 수 없다. 즉 '청취의 확장'과 병행하여 나타나는 '실제 연주의 사라짐'으로 굳어져 가던 그 지점을… 유감스럽게도 나는 청취의 시대에 속해 있다. 나는 청취 문화 속에서 유년을 보냈던 사람이다. 심지어 나는 오늘날의 기술이 가능하게 만든 음악 청취의 가장 완성된 형태에 극도로 친숙하기도 하다… 그리고 피셔 디스카우는 반박의 여지 없이 나에게 감동과 향유를 가져다준 사람들 중의 한 사람임을 인정해야 한다. 사실이 그러하다.

결국 나의 **부성의** 언어, 십여 년 전부터 내 안에 지녀 온 그 언어를 부양하고 강화시켰던 것은 강의와 강연에서 배웠던 것 못지않게 거리와 카페와 공원에서 내 눈에 인상적으로 들어 왔던 것들, 극장에서 봤던 영화, 오페라와 콘서트홀에서 귀를 간질이던 음악, 크고 작은 박물관에서 바라보았던 그림, 에콜노르말과 그 주변에서 만났던 친구들과 끝없이 주고받던 일상의 대화에서 포착된 말들과 소리의 물성들 그리고 무엇보다도 온전한 고독 속에서 소리 내어 읽고 또 읽었던, 꽤 한정된 수의 고전과 현대 작가들의 **텍스트들**이다. 거리의 놀라운 광경, 숭고한 음악, 감동적인 영화, 멋진 그림, 카페에서의 정답고 즐거운 대화, 소설의 아름다운 한 페이지, 이 모든 것이 이제 나를 관통하여 스며들던 그 언어에 물을 대고 풍요롭게 할 수 있었다. 이 모든 미학적인 **충격들**이 단어를 자극하고 말을 해방시켰다. 소중한 식물처럼 내 안에 배양했던 그 언어는 숨어 있던 욕망의 근원에 접촉하면서 그 경탄의 순간 속에서 자라나 가지를 치고 활기를 되찾았다.

4.

내 추억을 차지하는 모든 이들에 대해 이야기를 하는 건 지루할 것이다. 반면에 회상하고 싶은 사람들이 있는데, 그 이유는 그들이 언어 차원의 흔적들을 남겨 놓았기 때문이다. 그 흔적들은 이제 구조적으로 프랑스어 쪽으로 기울어져 구축된 내 정신 공간의 가장 깊숙한 의식 안에 영원히 각인된 듯하다. 그건 일본어와 프랑스어에 이중으로 속해 살아온 기간이 태어날 때의 단일 언어로 살아온 기간보다 이제 세 배는 더 길기 때문에 자연스러운 결과일 것이다.

심오한 언어적 흔적에 관해서는 에콜노르말의 교수 루이 알튀세르가 생각난다. 끔찍한 일이 그를 일간지 삼면기사 속에 처박히게 했고 세상의 온갖 어리석은 자들의 입방아에 오르게 했다. 하지만 나는 그에게 **언어의 빚**을 지고 있기에 이 자리에서 그 빚을 갚고 싶다.

그는 에콜노르말에서 철학 교수 자격시험반의 지도 강사였다. 나는 그를 1980년 1월의 어느 날 저녁, 에콜노르말의 학장 아파트에서 열린 신년 축하 파티에서 만났다. 파티에는 교수, 직원, 학생들이 모두 초대되었다. 그것은 샴페인 잔을 손에 들고 짧은 대화를 나누었던 아주 순간적인 만남에 불과했다. 하지만 내 기억 속의 그는 꽤 비범한 언어적 **일관성**을 가진 사람으로 남아 있다.

날이 아주 추웠다. 내가 에콜에 도착한 지 석 달쯤 되던 때였다. 누군가가 나의 논문 기획에 대해 이야기하라며 알튀세르에게 나를 소개해 주겠다는 제안을 했을 것이다. 나는 굉장히 겁을 먹었고 그 앞에 선다는 생각에 두렵기까지 했다. 그를 마주하기 위해 갖은 용기를 그러모아야 했다. 마침내 나는 공세로 전환하며 이렇게 생각했다. "내 논문에 쓰려고 했던 몇몇 생각을 아주 솔직하게 설명하면 되지 뭐. 어렵게 생각할 필요 없어! 우선 부딪쳐 보자."

하지만 알튀세르는 굉장히 당혹스러워했다. 사려 깊고, 솔직히 말해 무심해 보이기까지 한 그는 말이 많기는커녕 거북한 침묵 속에 틀어박혀 있었다. 하찮은 얘기들을 주고받은 후에 그는 대화를 더 이어 가려고 애쓰지 않았다. 그럭저럭 애를 썼던 것은 오히려 내 쪽이었다.

그러는 사이에 구원자가 나타났다. 당시 〈울름가의 만남〉(매주 월요일 열리던 수준 높은 지식인들의 회담)을 열정적으로 주도하던 T가 우리에게 다가와 샴페인과 간식을 권했던 것이다. 쟁반을 들고 나타난 그는 완벽하게 카페 종업원의 모습을 재현하고 있었다. 얼굴은 발그레했고 땀을 뻘뻘 흘렸다. 그는 아주 낭랑한 목소리로 말했다.

"샴페인 좀 드려요?"

고개를 앞으로 숙인 알튀세르는 가볍고 상냥하게 냉소하며 대답했다.

"**공사**公事에 헌신적이군!"

T의 대꾸는 훌륭했다.

"중요한 건 그것뿐이죠!"

T의 목소리는 선명했고 얼굴은 아주 환했다.

인간의 마음속 깊은 곳에는 외딴 장소들, 정신의 노력을 비껴가는 어둡고 심지어 신비로운 지대가 있다. 생각은 즉흥적인 기분의 흐름만큼 빠르게 달리지 않는다. 이상한 것은, T가 명랑하게 끼어든 그 순간부터 그 철학자와 나의 대화가 놀라울 정도로 자연스럽고 유창하게 흘러가기 시작했다는 것이다.

나는 아주 빠르게 루소에 관한 나의 접근 방식에 대해 설명하기에 이르렀다. 루소의 세계를 그의 정치적 사유라는 전형화된 큰길을 통해서가 아니라, 거의 눈에 띄지 않고 사용되지도 않는 측면의 작은 문을 통해, 즉 도둑질이라는 주제를 통해 들어가 보고 싶다고 호언했다.

"그건 기발하고 매력적인 관점이네요."라고 그가 확신에 찬 그리고 안심이 되는 어조로 즉각 대답했다.

그 말에 고무된 나는 짧은 담론을 이어 갔다. 특히 도둑질의 테마가 『고백』의 자서전적인 이야기를 어떻게 구조화하고 있는지를 설명했고 나의 주된 기획은 이러한 특별한 구조의 텍스트적 효과 안에서 사회문화적 실재가 기입되는 모습, 즉 **도무스**[*]의 자율성에 근거

* 도무스(Domus)는 집, 저택, 주택 등의 거주지를 일컫는 라틴어이다.

한 전통 세계가 붕괴되는 특징적 모습을 읽어 내는 데 있으며, 바로 그것을 통해서 **문학**이 근대 시기의 도래에 어떻게 연결되어 있는지를 보여 주는 데 있다고 했다. 근대라는 시기는 공적인 것과 사적인 것의 분열 안에서 개인을 가정의 울타리로부터 철저히 쫓아내어 고립된 개인을 만들어 냈던 것이다.

나는 후끈 달아올랐고 땀을 흘렸다. 목에 두른 머플러가 끈적끈적한 습기에 젖어 드는 걸 느꼈다. 주변으로 몇몇 학생들이 모여들어 우리의 대화에 귀를 기울였다. 그 순간 알튀세르가 던진 **말**은 평생 나를 떠나지 않았다.

"사실 루소에게는 상업과 화폐 경제 사이의 모든 관계에 대한 뿌리 깊은 증오가 있지요."

그것이 전부였다. 아니 그날의 대화에서 지금까지 내게 남아 있는 전부이다. 루소의 자서전적 행위에 관한 나의 논문에는 장 자크가 바렌 부인의 집에 머물던 시기와 관련된 추억 속에 암암리에 나타나는 경제 개념에 대한 모든 성찰이 있다. 나는 알튀세르에 대해서는 언급하지 않고, 오히려 독일의 위대한 역사가 오토 브루너*를 인용하고 있다. 하지만 그 곁에서 나는 울름가의 그 철학자가 드리운 그림자를 보았는데, 그 당시 우리의 대화를 목도했던 몇몇 학생들을 제외하고는 아무도 그 점을 의심하지 못했다. 게다가 심사위원들만을 대상으로 작성된 내 논문을 에콜의 동료들이 읽을 가능성은 전혀 없었다. 많은 세월이 흐른 후, 1992년에서 1993년 사이, 도쿄에서 첫 번째 저서 『행복의 의지, 문명의 과정과 문학적 글쓰기』를 써냈을 때, 나는 다시금 알튀세르의 그 말을 자주 생각했다. 자필 원고로 천 장에 달하는 그 책에서 『고백』이 차지하는 자리는 아주 축소되었다. 일본 독자들을 겨냥해서 써낸 나의 책은 울름가에서 보냈던 시절의 직접적인 결과물은 아니었다. 그럼에도 불구하고 그 책의 중심부를 구성하는, 『누벨 엘로이즈』에 할애한 부분 같은 곳을 다시 읽어 보면 알튀세르의 그 진술에서 자극을 받아 일궈 낸 긴 성찰이 거기에 있다는 점을 인정하게 된다.

당시에 나는 그 철학자에 대해 거의 무지했다. 『분석을 위한 노트』에 실린 『사회계약론』에 관한 매우 밀도 높은 그의 논문만을 읽었을 뿐이었다. 이후 그 철학

---

* 오토 브루너(Otto Brunner)는 1898년 오스트리아 뫼들렝에서 태어나 1982년 독일 함부르크에서 생을 마감했다. 20세기의 가장 중요한 독일 중세학자 중 한 사람으로 평가되고 있다.

자에 대한 나의 지식은 전혀 깊어지지 않았다. 그렇지 만 내 개인 서고에는 알튀세르의 책이 두세 권이 있는데 그중 하나가 2006년에 간행된 『마키아벨리로부터 마르크스까지의 정치와 역사』이다. 이 책은 그가 1955년과 1972년 사이에 에콜노르말에서 했던 강의에 관한 것이다. 거기에서 오십여 페이지가 루소에 할애되어 있다. 요컨대 그것이 내가 이용할 수 있었던 전부였다. 이 강의의 몇 페이지들에서 루소의 『두 번째 담론』에 나오는 '세계의 진정한 청년기'의 계기, 즉 '탄생하는 사회' 혹은 '시작된 사회'의 계기를 다루고 있는데, 거의 삼십 년 전에 내가 알튀세르와 나누었던 이야기 전부를 거기에서 다시 찾아냈다. 나는 한 사람이 다른 한 사람을 설명하고 있는, 두 예외적인 인물의 만남의 증인이 된 느낌이었다. 두 인물은 하나의 국가, 하나의 유토피아, 감히 말해 보자면 **공산주의적** 국가, 즉 인간들이 맺는 관계들, 사회적이고 사교적인 관계들이 상업적으로 맺어진 관계들과 화폐 경제에 근거한 대량 소비 행위들에 의해 아직은 마모되거나 쇠약해지거나 파괴되지 않았던 그런 국가를 꿈꾸고 있었다.

본래의 국가와 엄밀한 의미의 사회 사이에 위치한 세계의 '진정한 청년기'는 행복한 인류의 세계이고, 자연의 직접적인 충만함과 존재들의 거래에 연결된 장점을 동시에 향유한다. 존재들은 돈으로 매개된 모든 관계에서 벗어나 감정의 밀도와 온화함이라는 본질적 특징을 지닌다. 그것은 가족들이 분산하던 시대에, 사회적 폭력과 상업의 상호의존적 관계에서 비롯한 갈등의 상황에서 면제된 인류이다. 나는 그 '중도'에 대한 생각, 중개적 상태, 무한히 불안정한 그 중간entre-deux을 좋아한다. 그것은 **더 이상** 순수한 상태의 자연에 속하지 않지만, 경제적이고 상업적인 관계가 지배하는 진정한 사회적 상태의 온갖 구성적 특징도 **아직은** 갖고 있지 않다.

알튀세르적인 그 계기가 가장 아름답고 가장 고양되고 가장 에너지 넘치고 가장 쾌활한 묘사로 발견되는 것은 틀림없이 『언어 기원에 관한 시론』이다. 감히 말하건대 루소적 상상력이 가장 특징적으로 나타나는 그 책에서 인간들은 가족 단위의 고립에서 벗어나 서로 만나고 서로 재회하고 그다음에는 차츰 지속적인 교류 속에 참여하게 되는데, 그런 교류가 아니었다면 인간은 그처럼 망가지지도 않았을 것이고 경제적 본질의 사물화된 관계에 이르지도 않았을 것이다. 루소의 모든 관심이 '최초의 축제들', 온갖 사회적 중력에서 자유로운 사랑의 만남과 교환의 기회를 환기하는 데 집중하고 있다는 사실은 주목할 만하다. 거기에서 바로 우리는 언어적 소통에 대한 최초의 시도와 동시에… **음악**의 탄생을 목도하게 된다. 그렇다, 음악은 서로 가까워진 젊은 남자와 젊은 여자를 이어 주는 감정의 진실에 대한 **흔적**이자 **증언**으로서 거기에 있다. 음악은 사랑의 만남에 통합된 일부가 된다.

이 행복한 시절에는 아무것도 시간을 표시하지 않았고 무엇도 시간을 재도록 강요하지 않았다. 시간은 즐거움과 지루함이라는 척도밖에 없었다. 세월의 승리자들인 오래된 전나무 아래에서 불같은 젊음은 서서히 자신의 격렬함을 망각했고, 사람들은 차츰 서로를 길들여 갔다. 서로를 이해시키려고 노력하면서 스스로를 설명하는 법을 배워 나갔다. 거기에서 최초의 축제들이 이루어졌고 기쁨에 겨워 발을 깡충거렸고 열렬한 몸짓만으로는 충분하지 않아 목소리에는 흥분된 억양이 동반되었고, 즐거움과 욕망이 한데 뒤섞여 동시에 느껴졌다. 결국 그곳이 백성들의 진정한 요람이었고, 순수한 수정의 샘물로부터 최초의 사랑의 불꽃이 솟아 나왔다.

삼십 분 남짓하게 울름가에서 보았던 그 철학자의

모습은 아주 크나큰 고독으로 강조되는 몇몇 이미지를 내 안에 남겨 놓았다. 이따금 그가 지내던 에콜노르말의 복도나 도서관에서 그를 마주치기도 했다. 그는 언제나 혼자였고 누군가와 함께하는 일이 한 번도 없었다. 그는 방향을 잃은 유령처럼 소리 없이 걸어 다녔다. 나는 말을 걸 엄두를 내지 못했다. 오늘날 알튀세르의 모습은 무엇보다도 그 겨울밤의 파티에서 포착된 몇 마디의 한정된 **말들**, 그러나 놀라운 힘으로 기입된 언어적 현존으로 나에게 남아 있다. 그 말들 이외의 피상적이고 비본질적인 모든 것들은 기억에서 사라졌고, 내가 그에 대하여 생생하고 집요하게 간직하고 있는 것은 피곤한 늙은 남자의 연약한 실루엣, 한 손에 장바구니를 들고 에콜노르말의 커다란 철창문 앞을 천천히 힘겹게 걷던 모습이다. 그렇게 알튀세르는 말로서만 내게 남아 있을 뿐이다. 하지만 그 말들의 힘이란! 그것은 지하세계를 뚫고 나온 목소리로 깊은 밤 내 귀를 여전히 울려 댄다. 두 세기도 넘는 시간의 고랑을 넘어, 사회 출현 이전의 어떤 상태를 꿈꾸던 장 자크의 말들과 **뒤섞이며** 독특한 힘을 부여받은 말들. 그 말들은 여기 내 곁에, 신선하고 묵중하며 집요하고 절대적인 현존으로 있다. 그 말들은 늙지 않으며 그 허약한 발신자들보다 더 오래 살아남아 있다. 육체는 사라지고 말은 남는다.

5.

알튀세르는 그래도 단 한 번이나마 술을 곁들인 파티에서 짧은 대화를 나누며 직접 보았던 반면, 내가 진정한 스승으로 여기던 사람, 그가 없었더라면 어쩌면 프랑스어를 가르치는 일과 프랑스 문학 연구에 뛰어들 대담함도 욕망도 갖지 못했을 사람,『투명성과 장애』의 표지와 앞부분을 읽고 결정적으로 신의 계시를 받은 듯 커 가기만 했던 찬미의 대상이 된 사람, 그 사람을 나는 한 번도 본 적이 없고 강연장 같은 데서 멀리서나마 볼 기회조차 갖지 못했다. 그 사람을 구체적인 신체의 이미지 안에서, 그가 서 있는 모습이나 걷는 모습, 제스처, 그의 몸이 움직이는 실제적인 모습 안에서 재현하는 일이 나로서는 불가능하다. 물론 여기저기에 사진들이 있긴 하다. 교재들이나 신문과 잡지들 특히 그에게 바쳐진 책인『한 시절의 노트들 : 장 스타로뱅스키』에는 그의 사진이 박혀 있다. 하지만 그것들은 과거에 속한 것이며, 인화된 사진은 현재의 생생하고 날카로운 지각을 구체화하지 않는다. 우리 사이에는 단 한 번 주고받았던 편지와 그의 논문들만 있을 뿐이다. 사실 장 스타로뱅스키와 사적인 관계의 흔적에 속하는 것이라고는 그가 자필로 보낸, 뚜렷하게 옆으로 치우쳐 흐르는 듯한 필체로 쓰인 몇 줄의 감사의 글만을 간직하고 있다. 내 안에 살아 있는 그의 책들과 논문들을 제외하면, 그를 실제로 친밀하게 알고 있다는 느낌은 오직 그의 **목소리**뿐이다. 선명하고 낭랑하면서 동시에 신중하고 감미로운 **목소리**. 나는 그 목소리를 라디오 방송에서 그리고 최근에는 인터넷을 통해 두세 번 들었다. 매번 그것은 〈프랑스 퀼튀르〉의 방송을 통해서였다. 그러므로 나에게 스타로뱅스키는 하나의 **목소리**이다. 맞은편 사람과 상냥하게 말을 이어 가는 온화한 남자의 너그러운 목소리. 하지만 그것은 동시에 그의 글과 글쓰기의 움직임 안에서 증대되던 선명함이 함께 묻어나는 목소리이기도 하다. 내가 스타로뱅스키를 발견한 것은 라디오 방송에 앞서 그의 책을 통해서였다. 그런데 친구들과의 대담과 증언들의 도움을 받아 비평가의 초상화를 그려 낸, 제네바의 비평가에게 전적으로 할애되었던 방송에서 그의 목소리를 듣자마자 그의 텍스트가 목소리 안에서 구현되고 있었다. 아니 그의 목소리가 그의 텍스트 안에 **거주하기** 시작했다고 말할 수 있으리라. 그것은 범상치 않은 존재감을 부여받은 목소리였다. 내 귀는 완벽하게 인식가능한 음성과 소리의 특징 안에서 그 목소리를 녹음하여 영구적으로 새겨 놓았다. 텍스트 안에서 그 목소리의 현존감이 너무도 강력하여 그 둘을 분리해 낼 수 없을 지경이었다. 더더욱 좋았던 것은 그 소리가 그의 텍스트를 침묵 속에 읽어 가던 나 자신의 목소리와 혼동되었던 점이다. 그의 목소리는 내 안에, 내 목소리 안에, 내가 머리로 따라가며 읽어 낸 확고한 사유의 흐름, 각각의 문장과 행을 따라가며 읽어 낸 그 진술 안에 각인되며 자리 잡았다. 그것은 나의 청력 저 밑바닥에서 내 심장의 고동이 듣고 있는 듯한, 내가 전적으로 동조하던 **내면의 목소리**이다. 그 목소리는 나의 목소리와 뒤섞이면서 내가 수없이 여러 번 읽은 페이지들에서 혹은 새로 구해 읽은 책장에서 풍기는 미지근하고 황홀한 잉크 냄새 속에서 울려 퍼지고 있다.

앞서 말했듯이, 도쿄와 몽펠리에에서 프랑스어를 배우던 시절에 나는 인상적인 작가의 문장이나 문단을 통째로 베껴 적는 습관이 있었다. 그런 식으로 만들어 갔던 인용 노트에서 이따금 몇몇 문장들의 문체를 모방하기도 했다(여전한 나의 모방 취미). 나는 즐겨 한 작가의 언어 속에 나를 밀어 넣었다가 거기에서 빠져나오기 위해 또 다른 작가의 언어 속으로 침잠했다. 몇몇 기법, 기교, 복합적인 문법 구성 들은 나의 도구 창고이자 언어 수단이 되었다. 하지만 이제는 스타로뱅스키가 거의 유일한 준거가 되었고, 루소에 관한 나의 더듬거리는 성찰, 프랑스어의 심연 속으로 침투하려는 시도와 동시에 이루어진 그 성찰을 이끌어 주는 절대적 모델이 되었다. 나는 스타로뱅스키의 책들에서 자양분을 얻었다.『투명성과 장애』의 두 판본,『생생한 눈』의 두 판본,『비평적 관계』의 두 판본, 그리고 얼마 전에 수정 보완되어 한 권으로 출간된『자유의 고안 : 1789년』과『이성의 징조』. 여기에다 좀 더 최근에 발표한 많은 책들이 있고, 복사해서 묶어 놓은 수많은 논문들도 덧붙여야 한다. 이 모든 것들을 한데 쌓아 놓으면 오십 센티미터의 탑을 이룬다. 바로 그 탑 안에 내가 한 번도 본 적 없고 만난 적도 없는 나의 교수가 살고 있었다. 그 안에 하나의 학교가 피신해 있었고 그 학교 안에서 나는 나만의 교실을 만들었다. 그 안에서 나는 말들과 말들의 음악을 듣는 법을 배웠다. 그리고 그 학교 안에서 내 삶의 본질을 이루는 바탕을 획득했다. 프랑스어와 프랑스 문학을 가르치는 교수로서의 삶, 그뿐만 아니라 프랑스어를 말하는 삶, 프랑스어의 위대한 풍요 속에 편입되어 살아가는 내 삶의 바탕을.

6.

그렇지만 솔직히 말해 나의 학교는 일상의 삶에, 에콜노르말과 그 주변에서 주고받으며 만들어지던 관계 속에도 있었다. 친구들, 친구들과의 대화, 학교를 통해 이루어진 만남들이 나를 키웠고 만들어 갔다. 우리가 찾아다녔던 강연들, 들으러 다녔던 음악회들, 학생 요금으로 보러 갔던 오페라들, 예술영화관들 특히 라탱 구역의 실험 극장이나 시네마테크들에서 보았던 영화들, 혹은 읽었던 책들과 들었던 연주회들과 본 영화들과 쓰려고 기획했던 글들을 둘러싸고 벌였던 토론들, 이 모든 것이 울름가에서 보낸 내 삶의 바탕을 구성했다.

자주 만나던 사람들 중에 플로베르를 굉장히 좋아하던 교수 자격 준비반의 학생이 있었다. 우리는 교내

식당 밥을 같이 먹었고 에콜 근처의 카페에서 자주 만났다. 그리고 그곳에서 문학과 음악에 대한 토론의 꽃을 피워 냈다. 플로베르와 루소는 우리의 단골 주제였다. 언젠가 우리는 『감정교육』의 마지막 부분들, 그 유명한 '그는 여행을 했다'와 뒤따라 나오는 일련의 단순과거 문장들, 아르누 부인이 살던 작은 집, 불현듯 프레데릭을 동요시키는 아르누 부인의 조그만 발에 대해 이야기했다. 그날, 우리와 함께 주위에 여러 사람들이 있었지만 나는 그 순간에 대해서 오직 그의 현존과 우리의 공모에 대한 인상만을 간직하고 있다. 아무것도 시간을 표시하지 않았다. 그 무엇도 우리에게 시간을 재도록 강요하지 않았다. 내가 은밀하게 들었던 **노래**와 관계가 있던 플로베르 소설에 관한 대화의 여세를 몰아, 나는 용기를 내어 슈베르트 가곡 〈아름다운 물방앗간 아가씨〉의 짧은 곡절인 〈아침 인사Morgengruß〉를 피셔 디스카우의 억양을 흉내 내어 노래했다. "안녕하세요, 아름다운 물방앗간 아가씨!/ 예쁜 얼굴을 왜 그렇게 감추나요?/ 뭔가 안 좋은 일이 벌어진 것처럼/ 제 인사가 그렇게 그대를 성가시게 하나요?…" 끝없이 이어질 수 있을 것 같은 이 감미로운 대화는 그러나 유감스럽게도 중단되어야 했다. 수업이나 독서 등이 우리를 책상과 도서관으로 불러들였기 때문이다. 우리는 아쉬워하며 헤어졌다.

『감정교육』은 마침 그 해 교수 자격 시험의 커리큘럼에 있었다. 교수 자격 시험을 준비하는 학생들을 위해 마련된 에콜의 강의는 클로드 뒤셰의 측근이자 저명한 플로베르 전공자이며 내가 그 작업을 높이 평가했던 교수가 주도했다. 에콜의 카바이에스 강의실에서 있었던 그 강의에 나는 프랑스 학생들 틈에 끼어 참석했다. 소설의 몇몇 구절에 대한 명석한 설명을 듣는 일은 진정한 즐거움이었다. 그는 플로베르가 창조의 정당성을 스스로에게 허용하며 '부정확한 표현의 한계에서' 빚어낸 특별한 문체적 효과를 자주 강조했다.

나는 플로베르에 대해 비상한 관심을 간직하고 있었고 그것은 도쿄 대학 박사 과정 시절에 들었던 하스미 시게이코의 수업으로 거슬러 올라간다. 그것을 시작으로 나는 스탕달, 발자크, 졸라와 같은 위대한 소설가들의 세계로 점차 진입해 들어갔다. 그런 과정 중에 클로드 뒤셰, 피에르 바르베리스, 앙리 미테랑 같은 연구자들의 저서를 읽으며 자극을 받았는데, 이들의 공통점은 19세기 소설 생산에서 이데올로기적 차원과 더불어 정치적이고 사회적인 차원을 고려하려는 의지에 있었고, 이것은 계몽 시대의 중요한 텍스트들을 마주한 나의 주된 관심사이기도 했다.

교수 자격시험 준비반의 거의 매 강의마다 나는 교수 시험을 준비하는 한 여자 친구의 뒷자리나 옆자리에 앉았는데, 그 친구는 놀라운 속도로 엄청난 양의 필기를 하곤 했다. 나는 그녀가 감탄스러웠다. 교수의 설명 앞에서 극도의 긴장을 결코 놓치지 않던 그녀에게 탄복했다. 언젠가 교수가 『마담 보바리』의 신체적 지각에 대한 장 스타로뱅스키의 최근 논문을 알려 주면서 텍스트 해설을 했던 강의가 기억난다. 알다시피 스타로뱅스키의 주 관심 분야는 18세기이다. 그러나 이따금 다른 세기에 관해서도 뛰어난 조망을 보여 주곤 했다. 스타로뱅스키의 이름이 언급되는 모든 정기간행물의 소소한 저작들에도 주의를 기울이려고 애쓰고 있었음에도 플로베르에 관한 그 논문, 「기질들의 층위, 『마담 보바리』에 나타나는 신체 읽기」는 나의 감시망을 벗어나 있었다. 나는 도서관에서 그 논문을 빌렸고 그 친구를 위해 한 부를 더 복사했다.

햇살 가득하던 어느 봄날 오후, 복사한 스타로뱅스키의 논문을 전해 주고 내가 아주 좋아하던 『감정교육』에 관한 피에르 코그니의 초록색 작은 책을 빌려주기 위해 그 친구의 집을 찾아갔다. 그녀는 집에 있었다. 그녀는 에콜에서 멀지 않은 곳의 공유 거주지에서 살고 있었다. 나를 안내한 그녀의 방에서는 멘델스존의 〈실 잣는 여인〉('가사 없는 로망스' 작품 번호67-4)이 흐르고 있었는데 연주자가 누구였는지 정확하게 기억나지 않지만 아마도 다니엘 바렌보임이었던 것 같다. 아니면 바그너의 〈지크프리트〉 3막의 일부였나? 브륀힐데가 불타는 오랜 수면에서 깨어나 태양과 빛에 인사하고 마침내 그의 영웅 지크프리트를 알아보는 장면? 삼십 년 가까운 세월이 지난 기억들은 머릿속에서 다소간 혼동을 일으킨다. 그녀가 말했다.

"차 한 잔 마실까?"

둥근 테이블을 사이에 두고 우리는 차를 마셨다. 우리가 무슨 말을 나누었나? 더는 모르겠다. 단지 나의 말들이 폭발하기 직전이었다는 사실만 기억난다. 그녀는 분명 거북해하며 나를 보고 있었던 것 같다. 하지만 나는 아무 말도 못 했고, 내 입에서는 서투르게 경솔한 말들 아니면 **거의** 아무 말도 나오지 않았다. 나는 스타로뱅스키의 논문을 건네주었다.

"그는 놀라워!"라고 말하며 나는 입을 열었다. "그의 매혹적인 점은 디테일에 대한 배려에 있어. 앞부분에서 그가 어떤 한 문장, 플로베르의 아주 작은 구절로부터 이끌어 내고 있는 모든 얘기들은 정말 믿을 수 없을 정도야! 스타로뱅스키를 읽다 보면 '선한 신은 사소한 구석마다 자기 모습을 감추고 있다'는 말이 무슨 뜻인지 이해가 돼."

그러고 나서 피에르 코그니의 책도 건네주었다.

"원하는 만큼 오래 갖고 봐도 돼."

나는 그녀의 눈이 눈물 같은 것으로 촉촉해지는 모습을 보았던 것 같다.

하지만 헤어져야만 했다. 나는 일어나면서 그녀의 작업 책상(두 개의 지지대 위에 간단한 판자를 얹어 만든) 위에 놓여 있던 것을 보았다. 그것은 피셔 디스카우가 노래한 슈베르트의 〈아름다운 물방앗간 아가씨〉와 그 무렵 다니엘 바렌보임이 지휘한 버전의 〈피가로의 결혼〉이었다. 나는 그 버전을 몰랐다.

"아! 〈피가로의 결혼〉을 좋아하니?"

"응, 난 케루비노 같은 인물이 매력적이야. 테레자 베르간자가 노래를 했어. 그 여자 정말 대단해! 백작은 피셔 디스카우가 맡았지! (그녀는 그 위대한 바리톤 가수의 이름을 길게 빼어 발음하면서 강조하는 듯했다.) 그리고 『피가로의 결혼』은 올해 교수 자격시험의 커리큘럼에 있어."

"피가로는 나에게 진정한 기적이야. 있잖아, 나에게 프랑스어를 배우고 싶다는 열망을 충동했던 게 모차르트야. 이상해 보이지? 19세기도 훌륭하지만 18세기는 모차르트 그리고 루소의 세기지!"

그녀의 얼굴은 경이로운 은총을 공감하는 미소로 환해졌다.

그것이 전부였다.

『감정교육』에 관한 초록색 작은 책은 그녀의 집에 남아 있다. 매우 짧았지만 아주 밀도 있고 감미로웠던 그 순간에 대한 기념처럼. 그 책은 어쩌면 그녀의 책상 서랍 구석이나 책장 한 구석에 방치된 채로 플로베르에 관한 다른 책들 사이에 끼어 있을 것이다. 그녀는 교수가 되었을까? 자신의 학생들에게 문학의 열정을 전달하고 있을까?

1981년에 제시된 교수 자격시험의 문제는 피에르 보마르셰에 관한 것이었다. 내 기억이 틀리지 않았다면, 1981년 가을 어느 날, 나는 에콜의 우편함에서 그 친구의 긴 편지 한 통을 받았다. 이런저런 이야기 사이에 그녀는 모차르트 덕분에 교수 자격시험에 합격했다는 얘기를 했다. 보마르셰에 관한 문학 논설에서 최상의 점수를 받았기 때문인데 그것이 그녀에게 **무한한** 영감을 주었던 〈피가로의 결혼〉을 주의 깊게 되풀이해서 들었던 덕이라는 것이었다. 내가 그 편지에 답장을 했던가? 기억나지 않는다. 그러니까, 그러지 않았던 것 같다.

7.

미셸과 나는 1983년 1월에 다시 도쿄로 돌아왔다. 삼 년의 오랜 기다림 끝에 우리는 마침내 둘 다 대학에 직장을 얻었다. 그것은 몽펠리에에서 도쿄로, 도쿄에서 파리로, 파리에서 도쿄로 옮겨 다니던 조금은 유목민 같던 십 년의 삶 후에 맞이하는 위안이었다. 그리하여 나는 프랑스어를 가르치는 일을 시작했다. 사라지지 않는 열정의 대상인 프랑스어를 가르치며 생계를 꾸리는 일, 그것은 행복이었다. 영어가 압도적인 헤게모니를 쥐고 있는 일본 같은 나라에서 프랑스어는 다른 언어들과 마찬가지로 중고등학교에서 진정으로 '살아 있는 언어'의 지위를 갖지 못한다. 대학의 프랑스어 수업은 기초 문법에서 문학 텍스트 분석에 이르는 온갖 층위를 포함하고 있어서, 나로서는 그것이 지식을 전달하는 엄숙한 기회라기보다는 젊은이들을 만나는 순간이라는 데 더 의미가 있었다(지금도 그러하다). 나는 모든 수단을 동원하여 프랑스어에 대한 나의 사랑, 그 언어에 대한 열정 그리고 그 언어에 의해, 그 언어 안에서 구축된 문학에 대한 고갈되지 않는 나의 열정을 전달하려 했다. 그렇게 해서 인간의 사회 세계 전체는 결국 언어라는 매개를 통해서만 나타나며 그 언어는 내 안에 살고 있으면서 동시에 외부에서 내가 그것을 명상하는 것임을 알려 주고자 했다. 사실 나의 역할은 학생들에게 파편적일 수밖에 없는 지식을 부여하여 훈육하려는 것이 아니라, 학생들이 스스로를 벗어나 지식 자체의 공간을 만나러 나아가려는 **욕망**을 불러일으키고 선동하는 데 있었다. 요컨대, 나의 직업적 성공은 그들에게 그 욕망을 불어넣어, 수업을 듣는 학생들을 **다른 곳**에서 온 언어인 프랑스어에 대해 적극적인 개방의 자세 속에 들어앉게 하는 데 있었다. 가르친다는 일은 스스로를 계발하고 고양하는 가능성을 부여하는 일이기 때문이다. 자기 계발이란, 자크 랑시에르 말대로 자기 고유의 문화를 벗어나는 일이다. 내가 교육자의 일을 시작했던 것은 바로 이러한 정신상태에서였고 나는 여전히 그렇게 머물러 있다.

1986년 5월, 우리에게 딸이 태어났다. 우리는 아이의 이름을 줄리아-마도카라고 지어 아이가 두 언어, 두 세계, 그러니까 확실한 이중의 지표, 삶에서의 견고한 이중적 시각을 지니고 있음을 느끼게 했고 그것은 또한 아이를 반드시 그 시각 바깥의 장소들로 이끌어 갈 것이다.

어떤 언어 정책을 선택할 것인가의 문제는 아이가 태어나기 전부터 시급하게 제기되었다. 우리는 이 주제에 관한 정보들을 모아들였다. 이중 문화의 가정에서 그것은 어떻게 진행되는가? 대답들은 다양했다. 당연하다. 다문화 가정의 언어적 실례에 대한 현실은 단일한 모델로 귀착될 수 없다. 각각의 경우가 나름대로 독특하다. 그러므로 우리는 고민을 해야 했고 '아이에게 어떤 언어로 말할 것인가'라는 근본적인 문제에 대해 여기저기서 관찰한 구체적인 예들로부터 영감을 받아 우리 스스로 답을 찾아내야 했다.

한 프랑스 친구의 충고가 결정적이었다. 부모 각자가 자신의 모국어로 아이에게 말해야 한다는 것이다. 그것이 가장 오래된 추억들, 각자의 가장 깊숙한 곳에 숨어 있는 것들, 우리가 지배하는 것이 아닌 취향, 선호, 성향, 요컨대 무의식에 속하는 모든 것들을 존중하는 유일한 방식이다. 나는 스물둘 혹은 스무 세 살 즈음에 진정으로 프랑스어로 **말하는 주체**가 되어 가기 시작했다. 그런데 프랑스어의 사용이 나의 인격 구조화의 중요한 요소가 되는 시기로 이행하기 **이전**에 형성된 내 실존의 구성 지층에 위치하는 모든 것을, 내가 아이와 맺게 될 관계들 속에 통과시키는 데 성공하는 일이 중요하다. 사실 나의 인생은 서로 다른 두 시기로 구성되어 있다. 일본어만 사용하던 시기와 좀 더 나중이지만 더 오랜 기간인 이중 언어에 속하는 시기. 그것은 단지 프랑스어를 직업적 도구나 단순한 대상으로 삼지 않겠다는 고의적인 선택이었고, **이중적**으로 머물겠다는 단호한 선택, 내 존재와 나라는 생명의 나무의 아주 하찮은 가지들까지 의도적이고 고집스럽게 **이중적**으로 살겠다는 선택에 의한 것이다. 줄리아-마도카에게 나의 어머니, 형, 조부모, 무엇보다 내가 프랑스어에 투신하는 데 지대한 역할을 한 **아버지**에 대해, 결국 프랑스어가 개입하기 전에 형성된 나의 유년과 청년 시절 전체에 대해 이야기하는 일이 중요했다. 비록 나중에는 프랑스어가 내 일과 인생의 주된 언어가 되었지만 그것이 나타나기 전에 이루어진 나의 모든 과거를 **해석하기** 위해서는 그 일이 필요했다.(내가 아이에게 하게 될 말들은 돌발적으로 일어나지 않을 것이며, 필연적으로 내가 채택한 언어 안에서 만들어진 '나'라는 존재를 통하게 될 것이다.) 주변의 프랑스-일본인 가족을 보면 사용 언어의 선택이 장소의 기준에 따라 정해진다. 즉 집에서는 프랑스어, 바깥 특히 일본인들과 대화할 때는 일본어를 쓴다. 그것은 우리의 해결책이 아니었다. 우리의 기준은 **개인의** 차원이었다. 미셸은 줄리아-마도카에게 언제나 프랑스어로만 말했고, 나는 언제나 일본어로만 말했다. 우리로서는 **누구에게 말하고 있는가**의 문제가 본질적으로 보였다.

아이는 그렇게 일본어는 아버지의 **모습**에, 프랑스어는 어머니의 **모습**에 동화시켜 나가면서 자라났다. 행복한 나날들이 지나갔다. 몇 달이, 더 행복한 몇 개월의 시간들이 또 흘러갔다. 분명하게 일본어도 아니고 정확하게 프랑스어도 아닌 불분명한 소리들이 아이에게 나타났다. 그러더니 어느 날, 일본인들에게 가장 까다로운 프랑스 발음인 R 소리가 아이의 입에서 튀어나왔다. 그것은 대학생들이 프랑스어를 처음 배울 때 너무나 발음하기 어려운 소리였는데 내 딸에게서 분명하게 발음되어 나온 첫 소리였던 것이다! 그리고 수많은 소리와 옹알거림이 더없이 많이 그리고 빈번하게 꽃다운 미소에 곁들여 뒤따라 나왔다. 그런 다음 일본말과 프랑스어 단어 또한 나타났다. 아이는 어린이집에 다녔다. 주중에 아이는 하루 종일, 아침 8시부터 오후 4시까지 또래의 아이들과 즐겁게 어울려 지냈다. 나는 여전히 일본어로만 아이와 대화했다.

그러던 어느 날 전혀 예기치 않게 줄리아-마도카가 나에게 프랑스어로 말을 걸었다. 네 살이 채 안 되었을 때였다. 나는 아이와 단둘이 있었고 아이는 점심을 다 먹고 디저트를 기다리고 있었다. 나는 아이에게 일본어로 말했다.

"줄리아 짱, 디저트는 바나나 요거트를 줄 거야."

그러자 아이는 프랑스어로 대답했다.

"응, 나 그거 아주 좋아해."

나는 아이의 입에서 튀어나온 완전히 프랑스어로 된 짧은 문장에 놀랐다. 잠시 나는 할 말을 찾느라 침묵했다. 일본어로 찾았나, 프랑스어로 찾았나? 그보다는 스스로의 모습을 찾고 있었고, 아이에게 프랑스어로 말하게 될 내 모습을 내 안에서 찾고 있었다. 한없이 길게 느껴졌던 짧은 침묵 후에 나는 프랑스어로 대답했다.

"나도 그거 아주 좋아해. 자, 줄리아 짱, 우리 같이 디저트 먹자!"

바로 그날 프랑스어는 **딸과 함께 있는 나의 존재** 안에 불쑥 들어왔고 그 뒤로도 그 상태가 계속되었다. 그 상태는 언제나 그리고 오래도록 이어질 것이다. 아이는 태어날 때부터 내가 자기 엄마와 프랑스어로 말하는 걸 들어왔다. 우리 부부 사이에 소통 언어는 오로지 프랑스어였기 때문이다. 프랑스어는 엄마의 언어, 일본어는 오또상, 즉 아빠의 언어이다. 그러나 정서적이고 지적인 각성이 주어진 어느 순간, 아이는 아빠가 엄마랑 말할 때 프랑스어를 사용한다는 걸 깨달았다. 그때부터 프랑스어는 가족적인 시공간을 공유하는 세 사람의 공동 언어로 마찰 없이 자리하게 되었다. 프랑스어가 우리 세 사람의 **공동체의 언어**가 된 것이다. 바로 이런 까닭으로 줄리아-마도카는 자신의 제1 언어가 프랑스어라는 느낌을 항상 갖게 되었다. 온전히 일본식 교육 체계 안에서 이루어진 교육을 통한 사회화 때문에 일본어에 더 능통한데도 그러하다. 초라한 어휘력, 부정확한 문법은 프랑스어가 아이에게 미치는 제1 언어로서의 우선적인 영향력에 아무런 문제가 되지 않았다고 아이는 요즘 말한다. 딸아이는 자신이 두 언어 사이에서 균형을 이루는 데 이르렀다고 생각하고 있다. 그것은 일본어와 우리 가족의 공동 언어인 프랑스어에 대한 동일한 정서적 인접성이 내밀한 감정을 통해 표현되는 균형이다.

정서적 인접성에 대한 동일한 감정은 나에게는 낯선 것이다. 프랑스어는 나의 제1 언어가 아니다. 그것은 채택한 언어, 빌려온 언어, 접목된 언어, 타인의 언어, 다른 곳에서 나에게 온 언어이다. 나를 지배했던 것은 그것이 획득된 인접성이라는 것, 가족의 영구적 공존이라는 공간에 자발적으로 열렬하게 집착하느라 거리를 무산시켰던 감정이다.

나는 딸아이의 학창 시절, 초등학교뿐만 아니라 중등학교 시절 내내 아이의 교육에 동반자로 있었다. 아이는 이른바 일본의 좋은 학교에 다녔지만 그곳의 교육은 학생들의 정신을 자극할 수 있는 것으로 보이지 않았다. 학교는 그런 일에 무기력했고, 시스템 전체, 모든 조직, 나아가 교육에 대한 전반전인 개념화가 심각한 기능 장애에 시달리고 있는 것처럼 보였다. 영어나 일본어 수업은 물론이고 인문사회과학에 속하는 많은 과목들은 특히 걱정스러워 보였다. 왜냐하면 그 어느 것도 학생들을 즉각적인 일상에서 벗어나게 하여 **세상**

에 눈을 뜨도록 이끌어 가는 것처럼 보이지 않았기 때문이다. 자아에 인접하는 것이 아니라 **자아로부터 멀어지고 벗어나는 작업**으로서의 교육에 누구도 전념하고 있지 않은 듯했다. 위대한 작품들의 독서와 분석이라는 길을 통해서, 시오랑의 표현대로 '경탄의 훈련'이라 부르고 싶은 그 길을 통해서 학생들의 정신을 적극적으로 사용하도록 이끌어 줄 것처럼 보이는 게 아무것도 없었다. 학생들은 주입식 교육의 끝없는 순환 속에 갇혀 있었다. 언어의 음성적이고 드라마틱한 차원에 마련된 자리는 거의 없었다. 텍스트를 마주한 이성의 비평적 훈련을 위한 자리는 아예 없었다. 나는 어쩔 수 없이 딸에게 교사들의 말을 얌전하게 듣기보다는 내가 보여 줄 **부성의 길**을 따라오라고 말할 수밖에 없었다.

오늘날 아이는 두 개의 언어, 엄마의 언어와 아빠의 언어를 자유롭게 구사하는 행복한 소녀로 살아간다. 좋아하던 비틀스의 노래를 따라 배운 영어를 쓰며 행복해하고, 다른 언어들(이탈리아어, 아랍아…)에도 즐겁게 눈을 떠 가며 행복해하고, 무엇보다도 마침내 자랑스레 어깨에 지고 있는 혼혈에 대한 보편적 메시지를 통해 민족적, 문화적 순결성의 신화에서 벗어난 점에 대해 행복해한다.

아이의 교육에 동반했던 기간 동안 나를 떠나지 않았던 또 다른 배려는 음악에 대한 것이었다. 나는 음악에 대한 취미를 줄리아-마도카에게 전해 주려고 애썼다. 그리고 악기 연주법을 배우도록 밀어붙이지 않겠다는 생각은 할 수 없었다. 왜냐하면 나의 아버지처럼 나도 악기 학습은 **훈련**에, 특히 자기 극복의 자발성 형성에 특화된 방식이라고 생각했기 때문이다(지금도 그 생각을 고집한다). 음악을 향유하는 일과 음악이 강제하는 부단한 노력으로 침착함을 되찾는 일, 이런 것이 나에게는 음악의 훈련이 주는 이중의 혜택이었다. 딸아이는 수년간 피아노를 배웠다. 나는 아이를 오페라의 경이로운 세계에 들어서게 하려고 노력했다. 〈마술피리〉는 아이가 처음으로 마술에 걸렸던 오페라였다. 그리고 〈코지 판 투테〉가 뒤를 이었다. 여러 면에서 『라모의 조카』의 저자를 떠오르게 하는 작중 인물 철학자 돈 알폰소의 신념에 따르면, 이 철학적 오페라는 인간 존재를 본질적으로 심오하게 **변화하는** 존재로 규정하고, 파기할 수 없는 신성한 결합으로 인간을 가두어 놓은 종교적 후견으로부터 인간을 해방시키는 놀라운 대담함을 보여 준다. 놀라운 점은, 이러한 해방의 에너지를 너무나 좋아했던 일곱 살의 딸아이가 매일 밤 모차르트의 즐겁고 마음을 놓이게 하는 매력을 들으며 잠자리에 들기로 결심했다는 사실이다. 그리고 이 저녁의 의례는 적어도 오륙 년간 지속되었다. 모차르트에 대해 말하자면, 1995년 잘츠부르크에서 파트리스 셰로의 전복적인 연출로 재현된 〈돈 조반니〉를 딸에게 보여 주기도 했다. 이 연출가가 바이로트 바그너 페스티벌에서 보여 주었던 〈바그너 4부작〉의 작업(나는 비디오와 DVD로 출시된 작품을 먼저 보았다)이 인상적이었던 터라, 나의 책『돈 주앙의 매장—몰리에르의 〈돈 주앙〉에 나오는 역사와 사회』(1996)를 끝내기 위해서 무슨 일이 있어도 그 오페라를 보고 싶었다. 그리하여 모차르트가 태어난 그 먼 도시로 주저 없이 딸을 데리고 떠났다. 이천 명이 넘는 사람들이 운집한 그 커다란 공연장에서 줄리아-마도카는 아마 가장 어리고 젊은 관객이었을 것이다. 아이는 좌석 안내원이 제공해 준 두툼한 방석을 깔고 앉았다. 그날은 아이가 생전 처음으로 자정 이후에 잠자리에 들었던 날이었다. 코멘다토레[*]의

* <돈 조반니>에 등장하는 기사장으로, 자신의 딸 안나가 돈 조반니에게 농락당하자 그와 결투 끝에 죽음을 당한 후 석상으로 변모해 등장한다.

동상에 대한 환유적 표현인 로마 황제의 거대한 머리가 2막 마지막에 갑자기 나타난 장면, 포르테시모의 레단조로 거대한 운율을 맞추면서 돈 조반니의 성벽을 무너뜨려 가루로 만들며 조각상의 도착을 알리던 바로 그 순간을 우리는 아직도 이야기한다. 무대 전체를 지탱하던 다니엘 바렌보임(또 그 사람이다!)에 의해 장엄하고 위대하게 재현된 그야말로 아연실색할 정도로 숨막히는 음악의 힘에 대해서!

오늘날 나는 줄리아-마도카가 한 편으로는 원어든 두 번째 언어든 간에 언어들 속에서 자신을 표현하는 극도의 즐거움을 느끼고, 다른 한편으로는 모차르트든 로시니든 비틀스나 다른 음악이든 간에 **노래**에 대해 매우 들뜨고 열정적인 취미를 갖고 있음을 발견한다. 이러한 모습을 보고 있노라면, 나의 아버지가 되살아나신다면 **부성**의 교훈을 그토록 잘 체화하는 자신의 손녀 앞에서 무슨 말씀을 하실까, 라는 길고 긴 명상에 이따금 빠져들기도 한다.

"미즈바야시 씨 같은 분을 발굴해야 해요!" 어느 날, 스즈키 부인의 친구들과 학부모들이 모인 테이블 주위에서 훗날 뮌헨 필하모니 오케스트라의 단원이 된 젊은 여성 바이올리니스트의 어머니가 단호한 어조로 말했다.

그렇다, 맞다, 그 아버지, 그 남자, 아이가 자기 자신을 넘어서서 커 가도록 그토록 잘 도와줄 줄 알았던 그 선생님, 그리하여 나름의 방식으로 다니엘 페나크가 『학교의 슬픔』에서 감동적으로 그려 냈던 쥘 아저씨 같은 사람이 될 그를 지상의 모든 신에게 기원하여 되살려 내야 할 것이다.

8.

외국어, 통칭 제2의 언어, 부모로부터 물려받지 않은 언어, 뒤늦게 외부로부터 당신에게 온 그 언어는 어떻게 배우나? 어떻게 단어들을 소유하게 되나? 어떻게 표현을 숙달하게 되나? 문법적 구성들과 구문들의 배열에 어떻게 동화되어 가나? 내가 아버지가 되었을 때 나는 다른 많은 아버지들처럼, 내 딸에게서 단어들과 연속적인 말들이 튀어나오는 모습, 좀 더 일반적으로 프랑스어와 일본어가 나타나는 모습을 잘 관찰해 보려고 작정했다. 그러나 그것은 쉬운 일이 아니었다… 그리고 내 아이는 어쨌든 어떻게 하나의 언어가 뒤늦게 당신 안에 거주하게 되는가를 알아보는 문제에서 좋은 관찰 대상이 아니었다. 아이에게 일본어와 프랑스어는 둘 다 기원어의 지위를 갖고 있었다. 아니 우리는 아이가 태어나는 순간부터 그 애가 두 언어 안에서 동시에 자유롭게 헤엄치도록 노력했다. 그때부터 두 개의 언어가 (거의) 동시적으로 나타났고 두 언어는 항상 공존해 왔다. 그러므로 줄리아-마도카의 경험을 내 경험과 비교할 수 없었다.

반면에 나와 함께 살 결심으로 일본어를 배울 필요성에 갑작스레 뛰어들었던 미셸의 경험은 나에게 일어났던 일과 일어나고 있는 일에 **대립되는** 지점을 상상할 수 있게 해준다. 미셸은 일본어의 기초를 언어 학교에서 배웠다. 3개월의 입문 코스 강의였다. 자기 나라말과는 아주 다른 일본어를 처음 배우는 사람을 위해 잘 구성된 강의였다. 발음, 문법, 두 가지의 음절 서체(히라가나와 가타카나) 그리고 표의문자들인 간지가 표현하는 그 엄청난 의미화의 대륙. 이 첫 단계의 언어 상황에 적응하는 기간이 지나자, 미셸은 혼자 또는 적어도 초반에는 그녀의 임시변통 교사로 이용되었던 나와 함께 일본어를 계속해 나갔다. 언어의 장벽에 연결된 불편함을 더 늘리지 않기 위해, 사회조직 안에서 사는 즐거움을 만끽하고 일상생활의 단순하고 필수적인 제스처들로 자신을 분명하게 드러내기 위해서는 생존을 위한 일본어를 우선적으로 획득해야 했다. 그러다 보니 글쓰기보다는 말하기에 우선권을 주어야 하는 게 당연했다. 몇 달과 몇 년의 시간이 흘렀다. 직장 생활은 더 강화되었다. 가족생활은 아이의 탄생과 더불어 중요한 변화를 맞이했다. 교사직과 모성의 직무 사이에서 미셸은 그 나머지 일들에 허용할 시간이 거의 없었다. 결국 그녀가 살아 내야 했던 삶이 학생으로 남아 있고자 하는 바람을 이기고 말았다. 어느 날 미셸은 일본어 교재와 노트를 덮어 버렸다. 아쉬움과 주저가 없진 않았으나 그녀는 이미 얻어 낸 것들로 살아가기로, 자신이 소유한 것들로 버텨 내기로 결심했다. 종신연금 수혜자처럼 이제까지 저축해 놓은 언어적 자산으로 만족하자고 스스로를 다독였다.

미셸이 구사하는 일본어의 특징은 **말하기**가 지배적이라는 데 있다. 그녀는 말을 하며 일본어를 배웠다. 그것은 **이방인성**의 각인이 뚜렷한 일본어이다. 그것이 미셸이 직장이나 가족 혹은 이웃 관계에서 편안하게 소통하는 데 방해가 되지는 않았다. 그녀는 일본어 안에 자리하는 일에는 도달했지만, 내가 앞서 말한 '의미화의 거대한 대륙'에 접근할 수 없기에 그 언어가 그녀의 외부에 그대로 남아 있긴 했다. 그렇다, 그 외재성은 결핍이다. 이것은 그녀가 비껴가며 희생시켰던 글쓰기의 대가이다. 미셸의 **말하기**에 많은 실수와 어색함이 잔존한다면 그것은 마치 도시 한복판에 풀어놓아진 야생 동물들처럼 그녀의 구어가 글쓰기가 요구하는 완강한 규칙들에 복종하지 않았기 때문이다. 그녀의 **말하기**는 자유롭고 느슨한데, 그 까닭은 그것이 전적으로 소통의 절박함, 표현의 필요성에 의해 강요되었기 때문이다. 프랑스인이라는 가장 깊숙한 존재 층위에서 유래하는 그녀의 말하기는 문법과 행태의 강제적 구속을 자주 소홀히 한다. 발화된 진술들의 불완전성에도 불구하고 그것을 넘어서서 나타나는 이상한 설득력은 바로 거기에서 비롯한다. 단 하나의 예만 들어도 이게 무슨 소리인지 충분한 설명이 될 것이다.

나의 아버지가 돌아가시던 순간의 일이었다. 길고 고통스러운 병치레 끝에 아버지는 1994년 4월 2일 밤에 쓰러지셨다. 아버지는 병원으로 옮겨졌다. 그러니까 가족 중 누구도 그 마지막 순간에 곁에 없던 채로 홀로 병원에 실려 간 것이다. 병상 옆자리에 있던 사람이 아버지의 호흡이 갑자기 힘들어지고 불규칙해지는 걸 듣고는 간호사를 불렀다. 간호사가 달려왔을 때 아버지는 더 이상 숨을 쉬지 않았다. 나는 아침 일찍 부모님 댁에 도착했다. 아버지의 몸은 마룻바닥에 깔린 두툼한 요 위에 뉘어 있었다. 콧구멍은 솜으로 막혀 있었다. 나는 아버지의 이마에 손을 댔다. 얼음장처럼 차가웠다. 그 순간을 예비한 어머니는 쓰러지지 않으려고 안간힘을 쓰시는 듯했다. 어머니 옆에 앉아 있던 형은 발표가 예정되어 있던 역사학회 참여를 취소하지 않을 생각이라고 내게 말했다. 아버지라면 분명 아들이 맡은 일을 완수하라고 격려했을 거라면서 어머니 또한 장남의 생각에 동의했다. 아버지의 부친, 즉 할아버지가 돌아가셨을 때, 아버지는 스즈키 부인에게 아들의 수업을 취소하지 않았고 아들이 엄마와 함께 예정대로 바이올린 레슨을 받으러 가게 했다. 그래서 어머니와 형은 할아버지의 장례식에 참석하지 않았었다.

몇 시간 후, 화장터에서 고인에게 마지막 인사를 하는 순간이 되었다. 조그맣게 열린 관 뚜껑을 통해, 순례자의 옷을 입은 아버지의 얼굴이 보였다. 나는 합장을 했다. 미셸도 그렇게 했다. 그리고 관이 화구로 미끄러져 들어가기 직전, 미셸은 일본어로 다음과 같이 중얼거렸다.

"당신은 나에게 많은 것을 베풀어 주었어요… 저세상에서 우리를 돌봐 주세요…"

이렇게 옮겨진 문장은 매우 평범해 보이지만 그녀가 사용한 일본어에는 나의 어머니의 눈길을 돌리게 할 만한 것이 있었다. 미셸은 "오또상 타쿠상 아게마시타네 와타시 니… 앗치 카라 요로시쿠 오네가이시마스…"라고 말했다. 뭔가 낯선 울림이 있었다. '아게루'(주다)라는 동사의 이인칭 문법 주어와 간접 목적보어에 놓인 말하는 주체와의 결합에서 기인하는 불편함이었다. 하지만 무엇보다도 "저세상에서 우리를 돌봐 주세요."라는 의미의 두 번째 진술이 어색했다. 틀에 박힌 이 표현은 처음 만난 두 사람이 앞으로의 관계를 잘 맺자는 약속을 할 때 사용되기 때문에 부조화가 일어난 것이다. 나의 아버지가 생을 끝마치고 재가 되어 날아가 버린 순간에 미셸은, 물론 미필적 고의겠지만, 다른 성격의 관계의 **탄생**을 표현하고 있었으니…

이 장면은 항상 어떤 일본 교수가 들려준 유사한 에피소드를 떠오르게 했다. 그 교수의 프랑스인 아내는 도쿄의 조산원에서 분만을 했는데, 자궁 수축 기미가 오던 첫 순간에 놀라고 당황해서 "고멘쿠다사이마세, 고멘쿠다사이마세."라고 고래고래 소리치며 산부인과 의사와 간호사를 불렀다고 한다. 여기에서도 나는 언어를 완전하게 소유하지 않은 외국인에 의해 발음된 **부적합한** 말의 이상한 힘을 경이롭게 느꼈다. 사실 '고멘쿠다사이마세'는 어떤 방문객이 출입문이 비스듬히 열려 있는 순간에 그 집 주인과 관계를 열어 가기 위해 사용하는 표현이다(오즈의 영화에 이런 장면들이 나온다). 분명 잘못된 사용법이긴 하지만, 이 경우에는 의료진에게 **방문** 요청을 전달하는 욕망이 오즈 영화에서 인간관계의 시작에 대한 욕망처럼 분명하고 완벽하게 표현된 것이다.

두 경우 모두 외국인의 말은 새로운 말, 순결하고 진정성 있는 말로 나타나고 있다. 분명 그것은 어색하고 심지어 잘못된 말이지만 진술의 정황이 죽음과 삶에 연결되어 있다는 점에서 묵직한 의미와 무한한 설득력을 담고 있다. 교정에 대한 근심은 전혀 고려되지 않은 채 발화된 참된 말.

9.

프랑스어는 나에게 구어口語일 뿐만 아니라 문어文

語이다. 바로 이 점에서 미셸의 경험과 나의 경험은 차이가 난다. 미셸은 일본어로 글을 쓰지는 않기 때문이다. 내가 아무리 프랑스어의 소리에 집착하고 매일같이 라디오 방송의 수업에 빠져든다 해도, '~이다être' 라는 동사의 변화부터 접속법의 숙달을 거쳐 역사적 이야기 서술에 쓰이는 단순 과거 시제에 이르는, 철저한 문법 단계에 따라 구성된 엄격한 수업 프로그램을 따라가야 했다. 프랑스어를 배우는 일은 문법의 규칙들을 빠짐없이 정복하는 일이었다. 그것은 또한 무엇보다도 점점 더 풍부해지고 복잡해지는 문법적 구조들의 총체를 소유하는 일로 들어서는 일이었다. 수많은 단어, 표현, 비유법, 구문의 배열이 의사소통을 하는 가운데 내 안에 머물며 자리 잡았고 그것은 필연적으로 친구들이나 거리에서 그저 마주친 사람들의 얼굴을 떠올리게 한다. 베르나르는 '이 무지치[*]'의 바이올린 연주자가 비발디의 〈사계〉를 독주로 연주하는 부분에서 두세 음정을 잘못 연주했을 때 '**끔찍한**'이란 단어의 가치를 느끼게 해 주었다. 세르주는 '**그것은 이런 사실에 기인한 것이다**'라는 표현 구조의 효율성을 깨우쳐 주었다. 어느 날인가 나이 지긋한 부인이 지하철의 승객들에게

* '음악가들'을 뜻하는 '이 무지치'(I Musici)는 이탈리아의 유명한 실내악단이다.

장광설을 늘어놓으며 "여러분을 방해해서 미안합니다만, **잠시 제 말을 들어주시기 바랍니다.**"라고 했을 때… 무수한 상황, 허다한 얼굴들, 그 순간 들려온 수많은 말들. 내가 잡아챘던, 바람에 날리던 **잎사귀들 같던 그 말들**은 나의 의식 속에 지워지지 않는 모습으로 새겨졌다.

내가 미셸보다 좀 더 유리했던 이유는 프랑스어는 일본어 같은 **표의** 문자의 무한한 의미 체계를 갖지 않았기 때문이다. 일본어에서는 설령 뛰어난 단계를 밟고 단단히 정비를 하고 훈련을 잘 받았더라도, 게다가 세상 누구보다 의욕적으로 충만한 상태이더라도 많은 초심자들이 수없이 궁지에 부딪치게 된다. 나는 문법책과 글쓰기 공책과 인용문 노트를 절대 덮지 않았다. 몽펠리에 시절, 폴 발레리 대학의 교수 양성 센터장이던 드라 브르테크 씨를 그의 사무실에서 처음 만났을 때 그가 했던 말이 기억난다. (오리엔테이션의 테스트 결과에 따라 나는 교수자 인턴 그룹에 배치되었다. 나는 대양 한가운데 던져진 작은 배, 이리떼 속의 어린 양 같은 느낌이었다. 나는 드라 브르테크 씨에게 교수자 양성 코스를 일찌감치 끝내기보다는 스포츠 선수처럼 훈련 과정을 따라가고 싶다는 의지를 밝혔다.) 그는 나의 정확한 프랑스어에 대해 놀라워했고 **내가 마치 책에서처럼 프랑스어를 말한다**면서 그것은 비난이 아니라 칭찬이라는 점을 곧이어 덧붙였다. 그게 정말로 칭찬이었을까? 확신할 수 없다. 반면에 확실했던 것은 나의 구어체 프랑스어에는 뭔가 자연스러운 면이 결여되었다는 것, 그것이 구어의 차원으로 적절하게 흘러들지 않았다는 점이다. 그것은 전적으로 문어체의 훈련 과정에 따라 만들어진 구어였다. 실제로 나는 말을 할 때면, 준비된 **트랙**을 답파하고, 알려진 **코스**를 따라가고, 정돈된 말들의 **연속**이 내 앞에 전개되는 것을 보고 있는 느낌이 들었다. 글로 이미 쓰인 문어체의 흔적에 비춰 볼 때 내 발언은 경미하나 따라잡을 수 없는 어떤 지체 상태에 있다는 걸 민감하게 느꼈다. 내가 생산자이면서 동시에 청자였던 그 진술의 진행을 의식적으로 목도하면서 나는 매 순간 발화된 말에서 나 스스로를 돌아보지 않을 수 없었다. 그 후 서른다섯 해 만에, 나는 의심의 여지 없는 자연스러움에 도달했다. (오늘날의 나를 보면 드라 브르테크 씨가 뭐라고 말할까?) 그럼에도 불구하고 내 안에는 그 꾸준한 의식의 경계 태세가 간직되고 있었고, 결코 늦추어지지 않는 그 자기 검열의 몫은 나의 말들을 문어체의 모델에 엄격하게 맞출

것만을 겨냥하고 있다. 우리는 글이란 이미 존재하는 생생한 말의 재현일 뿐이라는 생각에 익숙해져 있다. 알다시피, 글이 없는 민족들은 있어도 말이 없는 인간 존재들이란 없다. 그렇지만 나로 말하자면, 프랑스어로 말을 하는 존재인 나는 언제나 글쓰기가 말에 앞선다는 느낌을 갖고 있으니…

내가 일상적인 표현들, 저속하고 은어적인 표현들에서 쾌감을 느꼈던 것은 분명 그런 점에서 비롯했다. 그것들은 교과서적인 글의 규범적 힘의 무게로부터 마침내 벗어난 순수한 말이기 때문이다. 몽펠리에에 연수생으로 왔던 카오르 지방 출신의 키 작은 무용수이던 여자애가 어느 햇살 가득한 일요일의 거대한 고요 속에 외치던 말이 생각난다.

"일요일은 구내식당이 닫혔으니 닥치는 대로 배를 채워 버려야 해!"

그 멋진 세르주가 어느 황홀한 여름날 아침, 자신의 유년 시절을 보냈던 랑그독 지방의 낙원 같은 곳으로 나를 데려가기에 앞서 외치던 말.

"잠깐, 내 고물차가 완전 시궁창이야."

덤벙대는 까불이였던 장 뤽이 어느 날 자기 집에 말러의 교향곡 제2번 〈부활〉을 들으러 가자고 초대하고는 냉장고를 열어 보며 깜짝 놀라 한 말.

"이런 빌어먹을, 꼴랑 물병밖에 없네."

그리고 이런 영역에서는 늘 매우 조심스러웠던 미셸의 그 말.

"시답잖군!"

그것은 『르몽드』의 어느 지루한(**지겨운**이라고 해야 할까?) 기사에 대한 그녀의 멘트였다… 하나의 기억은 다른 기억을, 하나의 얼굴은 다른 얼굴을, 하나의 말은 다른 말을 불러낸다… '하다'의 구어체인 foutre라는 단어를 예로 들어보자. '그는 내뺐다' '날 좀 내버려 둬' '그가 날 무시했어' 같은 표현들이 있다. 그리고 그 '낯짝gueule'이란 단어가 등장하는 온갖 표현들. '그건 추잡해!' '그자는 거칠게 항의하고 있다' '그 사람은 날 썩은 생선처럼 욕하고 있어' 등등. 수많은 말들, 수많은 장면들, 수많은 얼굴들.

프랑스어의 이런 외진 구석으로 다가서는 일은 신나는 체험이었다. 당신이 커다란 아파트나 대저택을 소유한 친구 집에 초대받았다고 생각해 보자. 그는 당신을 환대한다. (지나는 김에 말하자면, 그것은 나를 놀라게 한 프랑스적 삶의 한 디테일이다. 일본에서는 집에 누군가를 초대하는 일이 쉽사리 이루어지지 않는다. 하물며 초대한 사람에게 집의 구석구석을 보여 준다는 일은 생각할 수도 없다. 집이란 사적인 제스처가 이루어지는 극장이고 절대 드러내서는 안 되는 정숙한 내밀함의 장소이다.) 그는 심지어 부부 침실, 욕실과 화장실까지, 말하자면 내밀한 비밀이 드러나는 공간까지 보여 준다. 당신은 당신 것이 아닌 집안을 탐색하게 될 것이고, 당신의 시선은 가장 후미진 구석들을 돌아다니고 흔히 감춰 둔 물건들에까지 꽂히게 된다. 그것은 **불법 침입**의 즐거움, 지붕을 들어 올린 아스모데우스*의 즐거움이다. 내가 일상적이고 통속적인 어구들을 수첩에 하나씩 적어 나갔던 일도 약간은 그런 것이었다. 쓸 수 있는 색과 붓의 숫자를 늘려 가는 일, 표현력을 넓히는 일, 이를테면 나의 팔레트를 풍요롭게 하는 일이다. 이런 식으로 한 언어의 깊이로 내려가는 일 그리고 그 언어가 살고 있는 의식의 주름들 속으로 침투하는 일보다 더 흥분되는 일이 있을까! 그러나 그럼에도 불구하고… 그럼에도 불구하고…

관례적이지 않은 프랑스어 표현 도구들이 나에게서는 매우 협소한 자리를 차지하고 있다는 지적을 받

---

* 기독교와 유대교 등에서 음욕을 관장하는 악마로 알려져 있다. 부부 사이를 멀어지게 하는 일을 담당하는데, 프랑스 작가 르사쥬의 『절름발이 악마』에서 '지붕을 들어 올려 가정의 내막을 공개하는 악마'로 묘사되었다.

기도 한다. 그것은 정확한 지적이며, 나는 그러한 언어를 말하지도, 말하려고 애쓰지도 않는다. 기껏해야 그것들과 익숙해지려고 최선을 다했을 뿐이다. 그런 것들을 모르면, 그것들이 뿜어내는 향기를 감상할 줄 모르면 문학 영역의 한 양상을 모르는 일, 문학적 자산의 귀중한 한 부분(나의 독서 습관에서 대략적으로 살펴보자면, 졸라에서 셀린을 거쳐 페나크에 이르는 부분)을 지나쳐 버리는 일이 되기 때문이다. 그러나 그런 언어를 적극적인 감수성으로 지니고 간직하는 일과 그것의 익숙한 사용자가 되는 일은 별개의 일이다. 나는 그런 언어에 익숙해지기는커녕 그로부터 멀리에 있다. 그런 언어가 나를 키우지도 않았고 나를 고양시키지도 않았다. 내가 밖에서 바라보고 있는 것은 대저택이다. 그것이 비록 아름답고 안락해 보일지라도 나는 그 안에서 편안해하거나 내 자리라고 느끼지 못할 것이다. 내가 **적법한 사용법**에서 벗어나는 경우가 생기더라도 그것은 특별하고 드문 몇몇 상황에서이고, 마주한 사람들과 공모의 표시로 그런 언어를 사용할 뿐이다. 그러나 어쨌든 그런 일은 꽤 드물다…

정확히 무엇이 나를 그런 언어 쪽으로 가는 일을 제지하는가? 왜 그런 언어를 내 것으로 삼으려고 한 번도 시도하지 않는 걸까? 왜냐하면 아주 단순하게 그것이 내 것이 아니기 때문이다. 아니, 그것은 접근할 수 없는 어떤 여자와도 같다. 나는 그 여자가 아름답다고 생각하며 욕망한다. 하지만 나는 언제나 그 여자를 멀리서 바라볼 것이고, 그녀는 나의 존재를 모를 것이고, 결국 나는 그 여자를 소유하지 못할 것이며, 설령 내가 그녀를 조금은 알게 되는 데 이를지라도 나는 그녀가 결코 **내** 여자가 될 수 없으리라는 것을 알고 있다. 나는 절대로 그녀 앞에서 가당찮게 나를 드러내지도 발가벗지도 않을 것이다… 그것은 타인의 언어, 타자의 언어이고, 내 영향권 밖에 있으며 언제나 나의 외부에 낯설게 남아 있을 것이다. 적어도 내가 연극 무대에서처럼 명료한 의식 상태로 **그 역할을 연기하기로** 한 게 아니라면 – 그런 연기를 한다는 게 모종의 카타르시스적인 쾌락을 가져다주긴 하지만 – 도둑이 된 듯 부끄러워할 것이다. 요컨대 내가 어찌 뻔뻔하게 다른 누군가의 내밀한 공간에 강제로 문을 열고 들어가겠는가? 위험한 장난에 나를 노출시킬 준비가 되어있지 않다면, 왜 여자의 규방으로 들어가 무례한 접근을 하겠는가? 아니, 그건 불가능한 일이다.

그러므로 그것은 **수줍음**에 관한 문제이다. 수줍음 때문에 나는 그러한 언어를 입을 줄 몰랐다. 몽펠리에 시절, 프랑스어를 기가 막히게 구사하던 터키 대학생을 알고 있었다. 그는 통속적인 은어 투의 프랑스어를 능란하게 사용했다. 하지만 이따금 그가 쏟아 내는 말들에서 불가피하게 어떤 틈새들이 벌어졌고 그로부터 뻔뻔하고 거만한 느낌이 비어져 나왔다. 그의 유창한 프랑스어에 감탄하면서 동시에 어떤 불편함, 나아가 그를 닮고 싶지는 않다는 혐오까지 엄습해 왔다. 그 씁쓸한 혐오는 결코 나를 떠나지 않았다.

10.

하지만 고유의 언어로든 다른 곳에서 온 언어로든 말을 한다는 것은 인간의 이상한 기벽이며 근본적으로 수줍음에 도전하는 어떤 행위 아닌가? **말을 한다**는 것은 자기 목소리를 그대로 내는 일, 완전히 독자적인 자신의 존재 방식을 제 목소리를 통해 드러내는 일, 그러니까 자기를 맨몸으로 전시하는 일, 일종의 노출이다. 만일 수줍음이 우세하도록 방치한다면, 나는 어쩔 수 없이 침묵 속에, 실상은 말들과 감정들로 들끓겠지만 그럼에도 불구하고 침묵 속에 스스로를 감금시키는 것이리라. 말을 한다는 것은 어딘가 수줍음에 저항하는 일이다. 나 자신을 완전히 포기하고, 대화 상대나 그들의 공동체를 마주하여 내가 어쩔 수 없이 맡게 될 역할에 대한 근심 없이, 수줍음 없이 말하는 일이 가능할까? 나의 오랜 반려견, 12년간의 충실한 동반자인 멜로디와 함께할 때면, **수줍음에서 비껴난** 그런 상황에 거의 근접하는 것 같다.

멜로디는 생후 2개월부터 우리와 함께 살고 있는 암컷 골든 리트리버다. 멜로디는 우리와 조화롭게 있는 법을 배운 이래(즉 11년하고도 6개월 전부터) 아파트 안에서 완전히 자유롭게 돌아다닌다. 금지 구역들을 정해 놓았지만 한 번도 그곳에 뛰어들 시도를 하지 않았다. 개는 우리가 있는 곳에 무심하게 자리를 잡는다. 우리가 식탁 주위에 앉아 있으면 식탁 밑에 있고, 우리가 거실의 소파 위에 있으면 우리 발치에 앉아 있다. 우리가 잠을 잘 때면 침대 곁에 있다. 일본어와 프랑스어라는 이중 언어로 이루어진 가족 공동체에서 멜로디의 귀는 하나의 언어에서 다른 언어로 이행하는 경우 혹은 두 언어가 동시적으로 공존할 때 두 신호들을 판독해 내야 하는 일에서 언어적 곡예에 훈련이 되어 있다.

우리 집 개가 우리 가족이 두 언어로 말하는 것을 알아듣는 데 도달하고 있는 모습은 단 하나의 예를 통해 볼 수 있다.

날씨가 좋든 나쁘든, 비가 오나 눈이 오나, 태풍이 불고 비바람이 몰아쳐도 매일 아침저녁 멜로디와 산책하는 일은 습관이 되어 있다. 리트리버종들은 그렇게 에너지를 써 버려야 한다. 주말 아침이나 저녁에는 시간만 맞으면 직장이나 학업의 근심에서 벗어나 둘 혹은 셋이서 함께 멜로디와 산책할 여유와 준비가 되어 있다. 산책팀은 언제나 식탁에서 이런저런 이야기를 나누던 끝에 정해지곤 한다. 그 순간, 식탁 밑에 앉아 있던 멜로디는 우리의 말에 귀를 쫑긋 세운다.

"자, 가자."라고 우리 중 누군가 말한다.

멜로디는 즉각 일어서서 현관 입구로 가서 기다린다. 내가 도착한다. 개줄을 준비하고 물병과 휴지로 사용할 광고 용지들을 담은 산책용 작은 봉지를 집어 든다. 나는 문을 열고, "요시(가자)."라고 말한다. 멜로디는 즉시 달려든다. 우리 집은 작은 건물의 이층에 있다. 나는 이제 거리가 내려다보이는 계단으로 이르는 발코니에 있다. 나는 계단을 내려오고 물병을 챙기고 거리로 나온다. 멜로디는 계단 위에 머물며 나를 관찰한다.

나는 개를 여러 차례 부른다. 매번 개는 두 귀를 세우며 대답을 대신한다.

"자, 멜로디, 내려올래?"

이름을 불러 봐야 소용이 없다. 개는 내려오지 않는다. 다른 두 산책자들이 나오지 않았기 때문에 내려오려 하지 않는 거다. 멜로디는 우리의 대화를 들었고 그날 아침 산책은 온 가족이 함께한다는 걸 이해했던 것이다. 이제 줄리아-마도카가 도착한다. 딸아이가 계단을 내려와 나와 합류한다. 멜로디는 꿈쩍도 하지 않는다. 미셸이 나타나지 않는 한 멜로디는 한 발짝도 움직이려 하지 않는다. 하지만 여주인이 발코니에 나타나 문을 열쇠로 잠그자마자 개는 전속력으로 계단을 내려와 우리와 합류하는 미셸에게 시선을 고정시키면서도 내 옆에서 출발 자세를 취한다. 그렇다. 매번 **한 번도 빠짐없이** 그렇게 한다. 주중에 나 혼자 개를 동반할 때면 개는 아무도 우리를 뒤따라오지 않을 것임을 미리 알고 있다. 그래서 뒤를 돌아보지도 않고 발코니에서 지체하지도 않는다. 우리 둘은 익숙한 길들로 접어들기 위해 출발한다. 동물이 이따금 보여 주는 이해 능력은 놀랍기만 하다.

요컨대 멜로디는 자기 방식대로 이중 언어를 실천

하고 있다. 그 개를 키우기 전에는 개가 어느 정도로 인간들의 감정을 **읽어 낼** 능력이 있는지에 대해 상상하지 못했다. 멜로디는 항상 아프거나 자리에 누워 있는 사람 곁에 자리한다. 개는 지속적인 낙담 상태에 빠져 있는 사람과 함께 한다. 분노를 가라앉혀 주고 기쁨을 함께 나누기 위해 상대의 기분을 읽어 내기도 한다. 언젠가 무슨 이유였는지는 모르지만 딸아이를 혼낸 적이 있다. 대체로 나는 일본어를 사용했으나 그 일을 미셸도 알게 하려고 이따금 프랑스어로도 야단을 쳤다. 멜로디는 아버지와 울고 있는 그의 딸 사이로 슬그머니 끼어들어 오더니 조심스럽게 내 손을 자기 얼굴에 가져가며 이렇게 말하는 듯했다. "그만 해, 그 정도면 됐어…" 이런 일화들은 끝도 없이 주워섬길 수 있을 것이다. 나는 동물에게 우스꽝스러운 옷을 입히고 반려동물을 인간화시키는 그런 사람이 아니다. 하지만 12년을 개와 함께 살아 보니 우리 사이에 무언가 통하고 있다는 것을 의심하지 않을 수 없다. 물론 개가 말을 하는 건 아니지만, 온몸으로 나에게 말을 건넨다. 개는 때때로 슬픔이나 놀라움의 눈길을 던지고, 자기 앞발을 하나씩 내밀어 어떤 근심을 표현하고, 어떤 때는 신음 소리를 내어 자연스럽게 말을 걸도록 유인한다. 그렇다,

나는 개에게, 나의 개에게 말을 하며 때로는 아주 길게 한다. 내가 우스운가? 문제는 그때 내가 어떤 언어로 말을 하는가를 알아보는 일이다. 두 언어를 다 사용한다. 그도 그럴 것이 개 역시 나와 마찬가지로 이중 언어 사용자이기 때문이다. 앞서 말했듯이 줄리아-마도카하고는 아이의 언어 선택에 나를 맞추는 습관이 있다. 멜로디하고는 이것저것 자유롭게 선택한다. 그렇다면 나의 언어 선택은 어떻게 이루어지는가? 내 정신에 혹은 내 입술에 떠오르는 언어는 어떻게 해서 나타나는가? 사실 대부분 나는 멜로디에게 일본어로 말을 하며 그 이유는 단순하다. 멜로디는 세 살짜리 아이와 같다. 그런데 어린아이하고 말할 때, 나를 속이지 않고, 나 스스로와 모순되지 않고, 어떤 역할을 강제로 하고 있다는 느낌 없이 말하려면 오직 내 유년의 언어로만 가능한 것 같기 때문이다. 그럴 때 나는 자유롭고, 나 자신이 다시 세 살짜리 아이가 되고, 언어 덕분에 초자아의 위협적인 그림자에 맞서 아직은 보호받고 있는 시절로 거슬러 올라간다.

"네에, 네에, 멜로디짱, 난데 손나니 카나시이 카오 시테루노?(멜로디, 왜 그렇게 슬픈 얼굴을 하고 있니?) 오또상 시고토다카라 히루마데 히토리니 낫챠우케도 지키니 카에루카라네. 맛테네, 멜로디, 이이코 다몬 네(아빠가 오늘은 일 때문에 나가니까 정오까지 혼자 있어야해. 하지만 금방 돌아올 테니 얌전히 기다려, 알았지? 멜로디는 착하기도 하지!)"

프랑스어 번역으로는 내가 멜로디에게 건넨 일본어에 채색된 어린애 같은 어감을 제대로 살려 내지 못한다. 멜로디를 마주하면 유아적인 언어가 저절로 튀어나온다. 일본어에는 특별히 아이에게 건네는 말이라는 걸 나타내는 여러 표지들이 어휘와 구문 차원뿐만 아니라 운율적 차원에도 프랑스어보다 훨씬 많다. 아이들 말의 특징이 그런 데서 나타난다. 그러니까 어른의 말 여기저기에 그런 특정 표지들을 집어넣어 아이들의 **말하기**를 흉내 내는 것이다. 외국인으로서는, 과거에 유아적 언어에 깊게 연루되어 있지 않았다면, 이런 기제를 작동시키기 어려울 것이다. 멜로디와 함께 있으면 나는 돌연 일본어만 사용하던 시기로 되돌아가며, 그것이 나에게 어떤 향수를 불러일으킨다는 것은 어렵지 않게 이해될 것이다.

그렇지만 어쩌다 내가 멜로디와 프랑스어로 이야기하는 일이 일어난다. 그건 전혀 다른 관계가 설정된 경우이다. 그 순간 나는 더 이상 세 살짜리 아이에게 말하고 있지 않다. 프랑스인이 아이와 말할 때 유아의 언어 상태에 멈추기 위해 자기 존재의 흐름을 거슬러 올라가는 느낌을 가지는지, 다시 말해 아주 어린 상대방의 수준에 자기를 위치시키려는 모방적 욕망을 가지는지에 대해 나는 모른다. 내가 일본어를 선택하면서 본능적으로 취하는 태도가 바로 그러한 것이다. 그리고 바로 이런 이유 때문에 나는 프랑스어로 말하지 못한다. 내게는 프랑스어로 된 유년의 문이 닫혀있기 때문이며, 그건 불가피하게 강요된 상황이다. 사정이 그러한데 어떤 우연한 경우에 나는 멜로디에게 프랑스어로 말하고 싶어지는 건가? 그것은 그다지 기대하지 않은 순간에 멜로디가 친구의 자리를 차지하러 올 때이다. 그 순간 개와 나 사이에 우정 어린 대화의 공간이 열린다. 멜로디는 말을 하지 않지만, 나를 통해 자기를 표현한다. 개에게 말을 빌려주는 것은 바로 나다. 나와 나 사이의 대화, 나와 또 다른 나, 즉 멜로디의 자리와 모습을 취한 또 다른 나 사이의 대화. 멜로디는 나를 마주하고 있다. 개는 나에게 시선을, 자주 일어나는 일인 것처럼, 모든 악의에서 벗어난 그 순수한 시선을 고정한다. 나는 그에게 걱정을 털어놓는다. 개는 나에게 대답해 준다. 나는 모든 무게로부터 벗어나기 위해 개에게 비밀을 고백한다. 개는 충고를 해 주고 생각을 제안한다. 질문하는 듯한 개의 순진한 모습은 때로 의심할 수 없는 위로의 힘을 갖는다. 요컨대 나는 멜로디라는 호의적이고 일관성 있는 존재자의 귀중한 힘을 빌려 프랑스어로 나 자신과 대화를 나누는 것이다. 내 친구 멜로디가 나의 동반자가 되어 주는 것은 언제나 이러한 고뇌의 순간이다.

멜로디는 일본어라는 내 유년의 형상이지만 동시에 프랑스어라는 내 **분신**의 형상이기도 하다.

에필로그

다른 곳에서 온 언어인 프랑스어는 모든 대화의 상황을 벗어나 내 안에서 말해지는 언어이다. 어떻게 보면 그것은 내 귓속 침묵의 동굴 안에 울려 퍼지기 위해 그 어떤 실재적인 현존도 필요로 하지 않는 무언의 말이다. 그 언어가 문학적 본질이라는 기원을 갖기 때문이다. 삶의 여정에서 채취한 온갖 꽃다운 말들이 진동하는 기억이라는, 글쓰기의 본래적 현상이 표명된 것이기 때문이다. 마치 상상의 도서관 또는 개인의 영구적 판테온처럼, 다 읽고 나서 보관된 페이지들의 추억이다. 고백건대 그 기념물 안에서 **여자들**은 엄선된 자리를 차지한다. 여자는 남자의 미래라는 말은 사실 아니던가? 그 무언의 말의 생명력은 사실 여자들에게 가닿으려는 고갈되지 않는 욕망의 에너지로부터 기인한다. 그 여자들 중에서 내가 특별한 사랑을 부여하는 한 사람이 있다. 그것은 수잔나이다. 프랑스어로는 쉬잔으로 불리지만 나는 이탈리아어 이름이 훨씬 마음에 든다.

수잔나는 18세기가 후대에 물려준 여성 인물 중에서 가장 경이롭고 가장 찬란한 인물이다. 욕망으로 들끓던 고등학교 시절에 그녀를 만나지 못했더라면, 나의 삶은 달라졌을 것이다. 무엇보다 나는 지금 쓰고 있는 이 책을 시작하지도 끝내지도 못했을 것이다. 그리고 무엇보다 내가 의지주의적인 18세기의 또 다른 상징적 인물인 장 자크 루소를 동일한 욕망과 동일한 공감의 강렬함으로 발견할 수 있었을까? 공화국 구축이라는 공동의 **의지**에 따라 프랑스 공화국의 모든 초석을 기초한 인물, 자기 작품의 처음부터 끝까지 모범적인 집요함으로 자신의 격렬한 말들에서 거짓된 외양들을 고발함으로써 마음의 투명성을 추구했던 그 인물을 말이다. 틀림없이 불가능했으리라. 그 욕망과 공감의 강렬함이 없었더라면 루소의 언어 안으로 이주해 그 언어 속에 계속 머무르기 위한 동일한 열기와 열정과 열의를 지켜 낼 수 있었을까? 게다가 루소는 잘츠부르크의 그 기적적인 음악가를 진실로 살아 냈던 사람 아니던가? 틀림없이 불가능했다.

그러므로 나의 두 번째 탄생은 볼프강 아마데우스 모차르트와 장 자크 루소라는 그 이중의 만남에 빚지고 있다. 나는 볼프강에서 장 자크로, 장 자크에서 아마데우스로, 모차르트에서 루소로, 루소에서 모차르트로 나비처럼 옮겨 다니며 떠돌았다. 어떤 때는 다른 곳으로 꿀을 모으러 가는 일도 있었다. 그렇지만 그들은 한 번도 나를 떠나지 않았다. 나는 절대로 그들을 저버리지 않았다. 내 마음과 머릿속에서 그들은 결코 분리되지 않았다. 그들은 항상 거기에, 서로의 곁에 있었다. 그들은 묻어 둔 내 젊은 시절처럼 여전히 거기에 있다. 볼프강과 장 자크는 내 청춘의 동료들이다. 모차르트와 루소는 내 삶의 동반자들, 나의 공모자들, 나의 형제들, 영원한 나의 친구들이다.

나는 이제 58세이다. 프랑스어의 영향력 아래 살기 시작한 지 어언 40년에 접어든다.

내가 열정적으로 사랑했고 유례없는 정열로 늘 사랑하는 그 **다른 곳에서 온 언어**와 맺고 있는 관계들에 대한 이야기는 이렇게 끝마쳐진다. 어쩔 수 없이 고생스러웠고 때로는 힘난했으며 미묘하게 위험하기도 했던 관계들, 하지만 결국에는 심오하고 충만하고 행복한 관계들이었다.

그때부터 여러 질문들이 떠오른다. “내가 그 언어의 동반자가 되었다는 건 무엇일까? 나는 누구인가? 나는 여전히 그리고 언제나 일본인인가?”

아니다… 나는 그렇다고 생각하지 않는다. 나는 더 이상 그렇지 않다. 이제 더는 아니다…

아니다, 결단코 아니다. 내 인생의 삼분의 이를 일본어보다 프랑스어로 살아온 후, 나는 더 이상 민족지적인 의미에서 일본 공동체에 있지 않으며, 거기에 **묶여 있다**고 느끼지 않는다. 어쨌든 나는 국적의 소속에 따라 내가 규정되길 바라지 않는다. 내가 영원히 일본인으로 머물러야 한다는 것은 내가 이 나라에서 태어났고, 나의 부모가 일본인이기 때문이 아니다. 내 존재 깊숙한 곳에서 내가 태생적 언어에 의해 지탱되고 있다는 느낌을 갖는 것은 사실이다. 하지만 그럼에도 불구하고 나는 내가 시원적 영토에서 벗어나 있다는 데서 확실한 즐거움을 느낀다. 나는 일본적 본성이라는 그 최초의 예정된 포맷에서 흔쾌히 나를 떼어 낸다.

"그러면 나는 프랑스인인가?" 당연히 아니다. 나는 프랑스인이 아니다. 그런 날은 결코 오지 않을 테지만 설령 내가 언젠가 프랑스 국적을 얻는다 해도 나는 절대 프랑스인이 아닐 것이다. 그런데 우선, 프랑스인이라는 것은 정확히 무슨 뜻인가? 이 질문은 행정적 의미의 민족적 정체성 함의를 넘어선 어떤 의미를 가질 수 있다. 아무튼 나는 하나의 질문을 던져 본다. 피가로가 던졌던 질문과 같은 근본적 질문. 모차르트와 다 폰테의 피가로가 아니라 보마르셰의 피가로가 했던 질문이다. "내가 마음을 쓰고 있는 이 **자아**는 누구인가?" 사실 프랑스어로 말하고 프랑스어로 글을 쓰고 프랑스어로 사유하고 프랑스어로 사랑하고 프랑스어로 고통받고 심지어 프랑스어로 꿈도 꾸게 되는 이 **자아**(이 자아는 심지어 엘리제궁에서 참사관들 중 한 사람인 E. G.와 동반하여 일본으로 떠났던 프랑수아 미테랑 대통령에게 충고까지 했던 일도 있다)는 누구인가? 그 자아를 프랑스인이라 할 수 있나? 모르겠으나… 나는 어쨌든 그렇게 생각하지 않는다. 그 자아는 이따금 태생적 언어로 말하는 그 사람들의 풍습과 자신이 너무나 멀리 있다는 느낌, 그들의 실존 방식이나 생활 양식의 외부에 있다는 느낌이 든다. 게다가 그가 프랑스 땅에서 살았던 시간은 인생 선반에서 기껏해야 칠 년 정도이다. 결과적으로 그가 프랑스에 연결되어 있던 것은 **언어**라는 집요하고 동시에 강력한 그 관계에 의해서일 뿐이다. 그 자아는 프랑스적 표현에 속하는가? 의심의 여지 없이 그렇다. 프랑스어는 영원히 그를 떠나지 않는다. 그는 시오랑의 귀중한 표현에 따르면 프랑스어 안에 깊숙하게 살고 있다.

낸시 휴스턴이 이런 글을 쓴 적이 있다. "두 번째 언어의 취득은 본래 언어의 자연성을 무화한다. 그때부터는 그 어느 언어에도 자동적으로 주어지는 것은 아무것도 없다. 그 무엇도 기원이나 권리나 명증성에 속하지 않는다." 바로 이것이 나를 깊이 감동시킨 확언이다. 내가 프랑스어를 점령한 날, 나는 실제로 일본어를 그 본래적 순수성 안에서 영원히 잃었다. 나의 기원의 언어는 기원어의 지위를 잃었다. 나는 내 고유의 언어 안에서 외국인처럼 말하는 법을 배웠다. 두 언어 사이에서 나의 방황이 시작되었다… 그러므로 나는 일본인도 프랑스인도 아니다. 결국 나는 끊임없이 두 언어 안에서 스스로를 낯설게 만들어 가고 있으며, 한 언어에서 다른 언어로 오가며 나를 언제나 어긋난 사람으로, **자리를 벗어난** 자로, 두 언어의 사회적 관례가 자아에 요구하는 것에서 빗나간 사람으로 느낀다. 그런데 바로 그 외떨어진 장소로부터 나는 말에 다가선다. 바로 그 장소, 아니 **비-장소**non-lieu로부터 나는 프랑스어에 대한 나의 모든 사랑, 일본어에 대한 나의 모든 애착을 표현한다.

나는 여기저기 모두에서 외국인이며 그렇게 머물러 있다. **이방인이라는 것**과 **이방인**이라는 단어가 수상쩍게 되어 버리는, 요컨대 정치적으로 부정확한(정체성들의 그 초라한 보편적 합치는 도대체 무엇인가?) 현재의 정황에서, 나는 부끄러움이나 슬픔 없이 나의 **이방인성**을 주장한다. 내 안에 지니고 있는 이 이중적 이방인의 지위는 나를 끊임없이 실제 세계를 향한 관점으로, 즉 타자의 관점으로 향하도록 해 준다. 그리하여 사유의 이주 운동에 필요한 에너지를 공급받는 열역학 기계처럼 나로부터 벗어나려는 불타는 욕망을 간직하게 한다. 나는 **이방인성**의 유익한 힘에 대한 믿음을 갖지 않을 수 없다.

프랑스어와 영어를 동시에 사용하는 캐나다의 어느 여성 작가가 진정한 이중 언어 사용자와 가짜 이중 언어 사용자를 구별하고 있는데, 저자는 자신이 가짜 이중 언어 사용자에 속한다고 고백한다. 제아무리 운이 좋아도 나는 가짜 이중 언어 사용자에 속할 것이다. 그의 설명에 따르면 가짜 이중 언어 사용자들의 경우 채택된 언어가 먼저 소멸한다고 한다. 원래 언어인 모국어는 **뿌리 뽑히지 않고** 남는다. 그러니까 나의 프랑스어는 내 육신보다 먼저 죽게 되는 건가? 슬픈 진실이다. 하지만 나의 프랑스어가 사멸할 때 나는 스스로를 죽은 사람으로 여길 것이다. 왜냐하면 내가 존재하고 싶었던 대로, 내 나름의 의향대로 이루어 낸 모습으로, 내가 원하여 내 절대적인 결정에 따라 프랑스어와 결혼했던 모습으로 더는 존재하지 않을 테니까. 프랑스어와 나 사이의 결별은 절대 없을 것이다. 결코. 나는 나의 프랑스어보다 더 오래 살기를 바라지 않는다. 부득이하다면 하루만 더 살고 싶다.

아버지는 어머니에게 늘 이렇게 말씀하시곤 했다.

"우리 모두 죽을 운명이니 나도 언젠가 죽을 텐데 이왕이면 당신 죽은 다음 날 죽고 싶소."

옮긴이의 말

즐거운 구속복

윤정임

미즈바야시 아키라는 일본에서 프랑스어를 가르치면서 프랑스어로 작품 활동을 하는 작가이다. 일본에서 태어나 전형적인 일본의 교육 과정을 거쳤으며 프랑스어는 대학에 들어가서야 배우기 시작했다. 그런 그가 프랑스어로 소설을 써냈을 뿐만 아니라 프랑스 문단의 호의적인 평가와 더불어 몇 개의 문학상까지 받았다는 사실은 그의 프랑스어가 상당한 수준임을 짐작케 한다. 동영상을 통해 들어 본 그의 프랑스어는 어색함이 거의 느껴지지 않을 정도로 유연하고 완벽하다. '말하기'만이 아니라 '쓰기'에서, 더구나 문학이라는 까다로운 영역에서 발휘되고 있는 그의 유창한 프랑스어 구사 능력은 도대체 이 사람은 어떻게 프랑스어를 배워 나갔을까, 하는 궁금증을 불러일으킨다.

『다른 곳에서 온 언어』는 그가 숱하게 받아 왔을 이 같은 질문에 답하기 위해 쓰여졌을지도 모른다. 열아홉 살에 처음 접한 '다른 곳에서 온 언어'를 제 것으로 만들어 가는 미즈바야시의 '프랑스어 정복기'는 여느 외국어 습득 과정처럼 전개되지만 그 어떤 이야기와도 다른, 저자의 말마따나 '사랑'으로 맺어진 '결혼' 이야기가 되어 간다. 그것은 우선 성인이 되어 가는 한 젊은이가 인생의 중요한 변곡점에서 언어를 매개로 자기를 정립해 가는 진솔한 자서전의 모습으로 나타나고 있다. 그리고 그 과정에서 중요한 영향력을 행사했던 두 인물인 루소와 모차르트를 중심으로 문학과 음악의 공통점을 찾아내고, 서구 근대 문화를 성찰하는 진지한 에세이의 성격 또한 겸비하고 있다.

외국어를 배우게 되는 이유와 동기는 저마다 다르겠지만 그 과정에서 느끼는 감정들은 대동소이할 것이다. 새로운 언어에 대한 호기심, 곧 그 호기심을 휘발시키는 지루한 반복 훈련, 헤아릴 수 없는 허다한 난관들과 외국인으로서는 결코 넘어설 수 없는 장벽들…

미즈바야시에게 다른 점이 있다면, 그가 그러한 과정을 즐겼다는 데 있다. 그리고 그 즐거움의 바탕에는 외국어를 처음 맞이하던 무렵에 그가 겪었던 시대적 위기와 그것에 대응한 남다른 자세가 있다. 프랑스어를 만나던 시기에 모국어인 일본어에서 느꼈던 폐쇄성, 답답함, 경직성 등은 그를 다른 출구로 이끌어 갔다. 여기에 음악에 대한 그의 열정은 프랑스어를 단순한 의미 표현 수단을 넘어 그것의 물성, 즉 어떤 언어에나 나타나는 언어의 음성적 특질에 남다르게 예민한 촉수를 발동하게 했고 그것이 언어 습득 과정에서 음악적 즐거움을 향유할 수 있도록 했다.

언어를 단순한 의사소통 도구가 아니라 자기 존재의 근거를 새롭게 정초하려는 의지로 이어가는 미즈바야시의 프랑스어 정복기는 언어란 '나'와 '너'의 다름을 통해 나를 새롭게 인식하게 되는 매우 본질적이고 중요한 기제機制라는 점을 깨우치게 한다. 언어를 통해 나의 타자성을 발견하고, 그것은 결국 타자를 이해하고 받아들이는 기본적인 마음가짐으로 이어지게 된다. 미즈바야시가 도달한 '이중 언어 구사자'라는 존재 양태는 그를 '중간' 혹은 '사이'에 있을 수밖에 없게 하고 그것이 자기 안의 '이방인성'을 깨우치게 하기 때문이다.

프랑스인들이 이 책을 각별하게 받아들였던 이유는 미즈바야시가 구사한 완벽한 프랑스어보다는 그가 다르게 활용하고 있는 자신들의 언어 사용법에 있을 것이다. 시인을 비롯한 모든 문학인들이 언어의 일반적인 규율 안에서 제 나름의 표현 방식을 찾아내려는 집요한 노력을 통해 다다르고 있는 어떤 지점, 미즈바야시가 인용하고 있는 시오랑의 '구속복'을 미즈바야시가 '부성'의 언어인 프랑스어로 구현하고 있기 때문이다. 그가 도달한 '거의' 완벽하나 온전히 프랑스적이지만은 않은 독특한 글쓰기를 통해, 시에서나 가능할 어떤 새로운 표현들을 찾아내고 그로부터 시적인 혹은 문학적인 즐거움을 읽어 냈던 듯하다.

고백컨대, 처음 이 책의 번역을 부탁받았을 때, 프랑스 태생도 아닌 외국인 그것도 하필 일본인의 프랑스어 작품을 번역한다는 일은 나를 적잖이 불편하게 했다. 내 안에 들러붙어 있던 구차한 편견들이 한꺼번에 솟구치며 책에 대한 거부감을 앞세웠던 것이다. 몇 페이지를 읽어 나가면서 내가 프랑스어를 배우던 시절의 기억이 떠올랐고 동질성과 낯섦의 묘한 공존은 책에 대한 거부감을 호기심으로 바꾸어 나갔다. 나는 내 젊은 시절을 반추하며 그의 프랑스어 정복기를 공감과 질투와 반성을 섞어 가며 읽어 냈다. 누구나 한 번쯤은 시도했을 '외국어 배우는 시간'을 떠올려 준다는 사실 하나만으로도 이 책은 매우 현실적이고 구체적으로 흥미롭다.

옮긴이 **윤정임**

연세대학교 불어불문학과와 같은 대학원을 졸업하고, 파리 10대학에서 문학 박사학위를 받았다. 옮긴 책으로 다니엘 페나크의 『까보 까보슈』『학교의 슬픔』 장 주네의 『램브란트』『자코메티의 아틀리에』 장 자크 상페의 그림에세이 등이 있다.

다른 곳에서 온 언어
미즈바야시 아키라

1판 1쇄 2023년 6월 27일

지은이 미즈바야시 아키라
옮긴이 윤정임
펴낸이 신승엽
편집 신승엽
사진, 디자인 신승엽

펴낸곳 1984Books (일구팔사북스)
주소 전라북도 익산시 창인동 1가 115-12
전자우편 1984books.on@gmail.com
팩스 0303.3447.5973
SNS www.instagram.com/livingin1984

ISBN ISBN 979-11-90533-32-4 03860

잘못된 책은 구입하신 서점에서 교환해드립니다.

1984BOOKS